BASTEI
LÜBBE

Larry Niven

WENN DER ZAUBER VERGEHT

Illustriert von Esteban Maroto

BASTEI LÜBBE

BASTEI-LÜBBE-TASCHENBUCH
Fantasy
Band 20 035

1. Auflage: Juli 1981
2. Auflage: März 1984

Deutsche Lizenzausgabe 1981
Bastei-Verlag Gustav H. Lübbe, Bergisch Gladbach
Originaltitel: The Magic Goes Away
Ins Deutsche übertragen von Eva Eppers
Titelillustration: Boris Vallejo
Umschlaggestaltung: Quadro-Grafik, Bensberg
Druck und Verarbeitung:
Mohndruck Graphische Betriebe GmbH, Gütersloh
Printed in Western Germany
ISBN 3-404-20035-7

INHALT

OROLANDES I

Auf den Trümmern eines Holzdaches liegend, wurde er von den Wellen an Land gespült. Er war halbtot und nicht bei Sinnen. Neben ihm auf dem steuerlosen Floß lag die Leiche eines seit drei Tagen toten Zentaurenmädchens. Woran es gestorben war, ließ sich nicht mehr erkennen.

Das Fischervolk empfand Ehrfurcht. Sie erkannten die Schnitzereien der Dachtrümmer als Arbeit aus Atlantis und ahnten, daß der Fremde die größte Katastrophe in der Geschichte der Menschheit überlebt haben mußte. Vielleicht betrachteten sie ihn deshalb als einen Glücksbringer.

Und er *hatte* Glück. Das Fischervolk raubte ihm nicht die goldenen Armbänder, die er trug. Sie fütterten ihn, bis er imstande war, selbst zu essen. Als er wieder bei Kräften war, wiesen sie ihm Arbeit zu. Er konnte oder wollte nicht sprechen, aber er konnte Befehle ausführen, und er war ein großer Mann, der soviel heben konnte wie zwei Männer des Fischervolkes, nachdem er erst einmal seine Kräfte wiedererlangt hatte.

Bei Tage arbeitete er wie ein Untoter, unermüdlich: sie mußten ihn erinnern, wenn es Zeit war aufzuhören. Des Nachts zog er sein zerbrochenes Schwert aus der Hülle – die Klinge war zwei Daumenbreiten unter dem Griff abgebrochen – und drehte es in den Händen, wie um sich seinen Anblick für immer einzuprägen.

Er wohnte im Langhaus der Junggesellen. Frauen, die sich ihm näherten, erreichten nichts. Sie schrieben es seiner Krankheit zu.

Vier Monate nach seiner Rettung sprach er die ersten Worte.

Der Junge Hatchap ging durch die Reihen der

schlafenden Männer, um sie für den Fischzug dieses Tages zu wecken. Er sah den Fremden mit Trauer und Verzweiflung in den Augen an die Decke starren. »Wie durch Zauberei. Wie durch Zauberei«, murmelte er – auf Griechisch. Plötzlich lächelte er, zum ersten Mal, soweit Hatchup sich erinnern konnte. »Zauberei«, sagte er.

In dieser Nacht, nachdem die Boote wieder eingelaufen waren, ging der Fremde zu dem ältesten Mann des Dorfes und sagte: »Ich muß mit einem Zauberer sprechen.«

Der alte Mann war geduldig. Er erklärte, daß im nächsten Dorf eine Hexe lebte, Mirandee, die aber zu einem Treffen mit ihren Kollegen nach Prissthil gefahren war. Näher als Prissthil gab es keinen fähigen Zauberer, und der Ort lag viele Tagesreisen entfernt.

Der verrückte Orolandes nickte, als hätte er verstanden.

Am nächsten Morgen war er fort. Einen seiner Armreifen hatte er im Hause des Häuptlings zurückgelassen.

DER MAGIER I

Prissthil und das Dorf namens Magierheim waren sechshundert Meilen voneinander entfernt. Einst wäre der Magier in einer Nacht nach Prissthil geflogen, hoch durch die Lüfte, und selbst heute hätte er Reitdrachen, diese klugen Gefährten, benutzen können – in der einen oder anderen Gegend, in der zu häufige Zauberei die Erde bereits des *Mana* beraubt hatte, waren wenigstens noch die Knochen der Drachen zurückgeblieben, die selbst eine gewisse Zauberkraft besaßen.

Daher ärgerte es den Magier, sein Heim auf dem Rücken eines Maulesels zu verlassen, aber er und Klumpfuß hielten diese Maßnahme für klug.

Was sie erlebten, war noch schlimmer, als sie es sich vorgestellt hatten. Die *Mana*-reichen Orte, die sie durch Zauberei zu überqueren gehofft hatten, waren nicht da. Drei ihrer Maulesel starben in der Wüste, als Klumpfuß nicht mehr in der Lage war, Regen zu machen.

Die Situation war einfach lächerlich: Klumpfuß und der Magier, zwei der mächtigsten Zauberer, die es noch auf der Welt gab, trafen zu Fuß, einen Packesel hinter sich herziehend, bei der Versammlung in Prissthil ein.

Klumpfuß war ein Amerikaner, mit roter Haut, glattem schwarzem Haar und einer gewaltigen Adlernase. Seine Ahnen waren vor einem Einbruch der Vampire in Asien geflohen und hatten gemeinsam mit einem Stamm der Wolfsmenschen unter Zuhilfenahme von Zauberei das Meer überquert. Er hinkte aufgrund einer Mißbildung, die er schon vor Jahrzehnten hätte kurieren können, aber das hätte ihn die Hälfte seiner Macht gekostet.

Der Magier hinkte wegen seines Alters, und deshalb hinkten sie in schönster Gemeinsamkeit auf den Kamm eines Hügels, von dem aus sie Prissthil überblicken konnten.

Es war später Nachmittag. Der gewaltige Schatten des Walhalla-Berges, letzte Bastion eines streitsüchtigen Götterpantheons, das jetzt nur noch Legende war, legte sich bereits über die Stadt. Prissthil war gewachsen, seit der Magier es vor einhundertzehn Jahren zum letzten Mal besucht hatte. Die neueren Häuser waren niedriger und gedrungener ... nicht mehr von einem Zauberspruch über dem Eckstein hochgehalten, sondern von ihrer eigenen Kraft.

»Prissthil wurde durch Zauberkraft begründet«, sagte der Magier mehr zu sich selbst.

Klumpfuß hörte den leisen Satz jedoch. »Wirklich?«

Der Magier deutete zu einer tellerförmigen Senke nördlich der Stadtmauer. »Der Krater ist alt, aber du kannst immer noch die Form erkennen, nicht wahr? Das ist Himmelsfaust. Dieses Dorf begann als Handelszentrum für Glücksbringer: Splitter von dem Brocken Sternengesteins, der diesen Krater verursachte. Der Vorrat der Händler ging schon vor langer Zeit zu Ende und trotzdem wächst das Dorf weiter. Kannst du dir denken, warum?«

Klumpfuß zuckte die Schultern. »Sie werden mit etwas anderem handeln.«

»Sieh, Klumpfuß, da stehen *Wachen* unter Llon! Llon war früher der einzige Wächter, den Prissthil brauchte!«

»Von wem sprichst du? Von der großen Statue?«

Der Magier warf ihm einen eigenartigen Blick zu. »Ja, Ja, von der großen Statue.«

Der Wüstenwind hatte die feineren Einzelheiten

abgeschliffen, aber immer noch war die steinerne Statue ein Kunstwerk. Halb menschlich, halb ein großer, sanftmütiger Wachhund, kauerte sie vor dem Tor und blickte mit endloser Geduld in die Weite. Wächter lehnten an den Vorderpfoten. Sie richteten sich auf und riefen die Zauberer an, als sie nahe genug waren.

»Ho, Reisende! Was wollt ihr in Prissthil?«

Klumpfuß antwortete: »Wir wollen Prissthil erretten und die ganze Welt.«

»Oh, Zauberer! Nun, ihr seid willkommen.« Der Wachkommandant grinste. Er war ein untersetzter, bulliger Mann in einer vom Kampf gezeichneten Rüstung. »Obwohl ich nicht viel Vertrauen in eure Errettung habe. Was wollt ihr für uns tun? Mehr Sternenstein herbeizaubern?«

Klumpfuß war gekränkt. »Nicht aus solch nichtigem Anlaß sind wir sechshundert Meilen weit gereist.«

»Vergebung, aber mein Großvater pflegte um die halbe Welt zu fliegen, um an einem Festmahl teilzunehmen«, sagte der Kommandant. »Armer alter Mann. Schließlich wirkte keiner seiner Sprüche mehr. Er arbeitete an seinem Verjüngungszauber, bis er starb. Wollte auch mir Zauberei beibringen, aber so dumm war ich nicht.«

Eine knarrende Stimmte sagte: »Maaa ...gier.«

Das Gesicht des Kommandanten wurde blutleer. Langsam wandte er sich um. Der andere Wächter zog sich Schritt für Schritt zurück.

Das grobbehauene Steingesicht der Statue, der Kopf eines Hundes mit dem nachdenklichen Ausdruck eines Weisen, blickte auf die Zauberer herab. »Ich kenne dich«, sagte die rostige, kaum hörbare

Stimme. »Maagierr. Du hast mich geschaffen.«

»Llon!« rief der Magier freudig. »Ich glaubte, du seist tot!«

»Fast. Ich schlafe jahrelang. Jahrzehntelang. Manchmal erwache ich für einige Stunden. Das Leben verläßt mich«, sagte die Statue. »Ich wünschte, es wäre nicht so. Wie kann ich meine Pflicht tun? Eines Tages wird ein Feind an mir vorüber in die Stadt schleichen.«

»Wir werden sehen, ob wir etwas dagegen tun können.«

»Ich wünsche euch Glück.«

Klumpfuß mischte sich voller Zuversicht ein: »Die besten Hirne der Welt versammeln sich hier. Wie können wir scheitern?«

»Du bist jung«, sagte Llon.

Sie gingen weiter. Hinter ihnen erstarrte der steinerne Wächter zu seiner früheren Reglosigkeit.

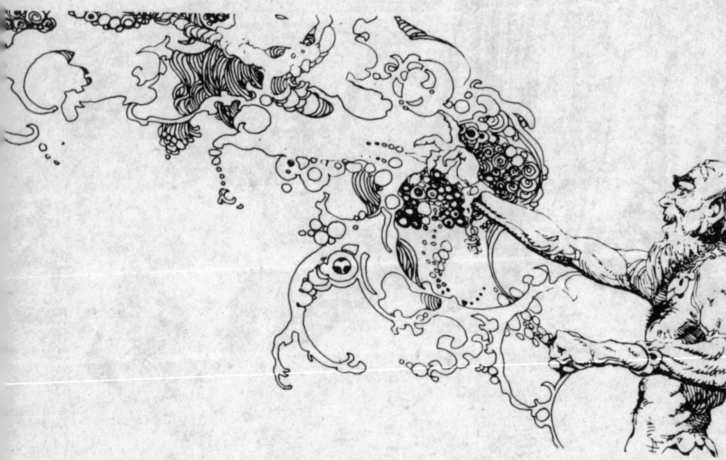

OROLANDES II

Orolandes hatte Glück, daß Prissthil nicht noch weiter entfernt war, sonst wäre er auf dem Weg dorthin gestorben.

Er war unterwegs zu einem Ort, von dem er nur den Namen wußte, und er unterbrach seine Reise nur, um nach dem Weg zu fragen oder Arbeit und Essen zu erbitten. Er war sehr mager, als er Prissthil endlich erreichte.

Eine weite, öde, tellerförmige Senke in der Nähe der Stadt umging er vorsichtig. Sie war zu rund, zu regelmäßig und roch beunruhigend nach Zauberei. Vor dem Stadttor erhob sich eine große Statue und davor standen Wachen, die sich aufrichteten, als sie ihn sahen.

»Wir haben hier wenig Verwendung für Schwertkämpfer«, grüßte ihn der eine.

»Ich muß mit einem Zauberer sprechen«, sagte Orolandes.

»Dann hast du Glück.« Der Wächter blickte hastig und nervös über die Schulter, dann wieder zurück, als hoffte er, der Schwertkämpfer hätte es nicht bemerkt.

»Heute sind zwei Zauberer angekommen. Aber was, wenn sie nicht mit dir sprechen wollen?«

»Ich muß mit einem Zauberer sprechen«, wiederholte Orolandes störrisch. Seine Hand hing in der Nähe des Schwertgriffes. Er war groß und mit Narben übersäht und bewaffnet. Vielleicht war sein Wahnsinn nicht mehr so offensichtlich, aber die Spuren eines erst kürzlich überstandenen Grauens standen überdeutlich in seinen Augen. Er trug den Tod im Blick.

Der Wächter beschloß, die Sache nicht auf die Spitze zu treiben. Der Fremde wirkte nicht wie ein Bettler; sein goldenes Armband war eine Art Geld. »Wenn du unverschämt zu einem Zauberer bist, bekommst du, was du verdienst. Willkommen in Prissthil. Geh hinein.«

DER MAGIER II

Das Gasthaus, in dem der Magier sich am liebsten aufgehalten hatte, war verschwunden, an seiner Stelle befand sich jetzt der Laden eines Lederhändlers. Sie suchten eine andere Unterkunft.

Im Gasthaus der ›Balzenden Phönixe‹ brachten sie ihren Maulesel in den Stall und trugen das Gepäck in ihr Zimmer. Klumpfuß probierte die Federmatratze aus. Der Magier kramte in einer Satteltasche. Er nahm frische Wäsche heraus und dann eine Kupferscheibe, in deren Rand verschiedene Zeichen eingeprägt waren. Er wollte sie schon beiseite legen, behielt sie aber dann doch lange in der Hand und ließ sich von seinen Erinnerungen gefangennehmen.

*

Vor Hunderten von Jahren und weit im Osten von Prissthil hatte es einmal einen stolzen und mächtigen Zauberer gegeben. Er hatte seine überaus erfolgreiche Lehrlingszeit kaum abgeschlossen, trotzdem waren seine Kräfte gewaltig und bereits in aller Munde. Schwebende Burgen, Armeen, die Trugbilder von Städten konnte er mühelos erschaffen und durch einen Blitzschlag wieder vernichten. In seinem Stolz legte er sich den Namen ›Magier‹ zu, ohne zu ahnen, daß dieses Wort einmal der Sammelbegriff für alle Zauberer werden würde.

Aber durch die Jahrzehnte begannen seine Sprüche an Wirksamkeit zu verlieren. Nicht nur ihm ging es so, alle Zauberer waren betroffen. Er verließ das Land seiner Erfolge und bis zu einem gewissen Grade kehrten seine Fähigkeiten zurück, aber nur, um erneut zu verblassen, bis er wieder weiterzog.

Selbst große Nationen blieben nicht vom Verfall der Zauberei verschont. Fest zusammengehalten durch ein Netzwerk aus seinen alten Göttern, Traditionen, Gesetzen und Handelsbeziehungen, mochte ein Reich von Acheron so stark und ewig wie die Berge scheinen ... bis Verträge, die durch Eide und Zauberei besiegelt waren, plötzlich brachen ... bis Barbaren mit Schwertern über die Grenzen schwärmten. Alle wußten, daß es so war, aber der Magier war der erste, der den Grund herausfand – durch ein Experiment mit einer verzauberten Kupferscheibe.

Wenn er seine Entdeckung während der folgenden Jahrzehnte für sich behielt, so geschah es aus Mitleid. Seine furchtbare Wahrheit bedeutete das Ende der Zivilisation, aber sein Wissen wäre niemandem von Nutzen gewesen. Vor fünfzig Jahren endlich war sein Geheimnis ihm entschlüpft, ob das Gutes oder Schlechtes bedeutete, war schwer zu sagen.

»Mach dir keine Gedanken deswegen«, sagte Klumpfuß. »Wir wollen essen.«

Der Magier schüttelte sich. »Gleich«, antwortete er. Er legte die Scheibe beiseite und griff wieder in die Tasche.

Klumpfuß schnaubte. Er sammelte die herumliegenden Kleidungsstücke zusammen und hängte sie auf.

Der Magier stellte einen hölzernen Kasten auf den Tisch.

Im Inneren, geschützt von weichen Fuchsfellen, befand sich ein menschlicher Schädel, den der Magier mit größter Sorgfalt auspackte. Ein Kiefergelenk war gebrochen und an den Wangenknochen, um die Ohrlöcher und an den Kiefern befanden sich Beißspuren.

Klumpfuß bemerkte: »Ich bin immer noch der Meinung, wir hätten das unterwegs verlieren sollen.«

»Ich bin da anderer Meinung. *Jetzt* können wir essen gehen.«

Das Gasthaus war überfüllt. Die langen Tische im Speiseraum standen zu dicht beieinander und die Holzbänke auf beiden Seiten waren nicht sonderlich bequem. Die beiden Zauberer entdeckten eine Lücke an einem der Tische und nahmen Platz. Als die anderen Gäste allmählich bemerkten, wen sie neben sich hatten, gab es plötzlich Platz genug.

»Betrachte die Sache doch mal logisch«, sagte Klumpfuß. »Du hast den Schädel Zitterbergs sechshundert Meilen weit mitgeschleppt, als wir anderes Gepäck zurücklassen mußten, das wir wahrhaftig nötiger gebraucht hätten. Es ist nur ein Schädel und nicht einmal in gutem Zustand. Aber wenn es hier genug *Mana* gibt, um deinen Sprüchen Kraft zu verleihen, und wenn du deine Sprüche genau richtig sagst, gelingt es dir vielleicht, Zitterberg zum Leben zu erwecken, nur damit er dich töten kann.«

Der Magier hörte lange genug mit dem Essen auf, um zu bemerken: »Selbst wenn ich ihn wiederbelebe, bleibt er nur ein Kopf. Alles ist in bester Ordnung, wenn du ihm nicht gerade den Finger in den Mund steckst.«

»Er hat gute Gründe, um deinen Tod zu wünschen! Und meinen ebenfalls, weil ich derjenige war, der dich nach Shiskabil und Hathzoril geführt hat. Hätte ich nicht die zerstörten Dörfer gefunden, wäre es dir niemals gelungen, ihn aufzuspüren.«

»Vielleicht wußte er das nicht.«

»Glaub doch das nicht. Diese Ausgeburt der Hölle! Er hat meine Erinnerungen mit seinem Andenken verseucht! Nie werde ich Shiskabil vergessen. Menschenleer und überall getrocknetes Blut, als hätte es

Blut geregnet. Wir werden nie wissen, wieviele Dörfer er auf diese Art ausgesaugt hat.«

»Heute nacht werde ich ihn wiederbeleben. Willst du mir helfen?«

Klumpfuß nagte an dem fetten Fleisch eines Antilopenschenkels. Schließlich meinte er: »Wie könnte ich dich im Stich lassen?«

Der Magier lächelte. Klumpfuß war fast Fünfzig und hielt sich für einen erfahrenen Zauberer. Der Magier, der fünfmal so alt war, hätte über Klumpfuß' Besorgnis lachen können, aber so überheblich war er nicht. Er wußte, daß ein Großteil seines unter Gefahren erworbenen Wissens veraltet war.

Als der Magier noch seine schwebenden Burgen durch den Himmel gleiten ließ, war *Mana* reichlich vorhanden, Zauberei war zugleich einfacher und gefährlicher. Klumpfuß stand wahrscheinlich auf vertrauterem Fuß mit der realen Welt und deshalb lächelte der Magier nur und begann mit den Händen ein kompliziertes Muster in die Luft zu zeichnen.

Grelle Farben strömten aus seinen Fingern, wogten unter der Balkendecke und breiteten sich aus. An den anderen Tischen drehten sich die Köpfe, das Klappern der Messer verstummte. Dann ertönten Beifallsrufe und anerkennendes Fingerschnippen für diesen Zauber, den der Magier das letztemal benutzt hatte, um eine feindliche Armee zu blenden.

Ein hagerer, narbiger Schwertkämpfer beobachtete den Magier mit verstörten Augen. Aber der Magier bemerkte es nicht. Als er den Speiseraum verließ, nahm er eine Traube dicker, purpurner Weinbeeren mit.

ZITTERBERGS SCHÄDEL

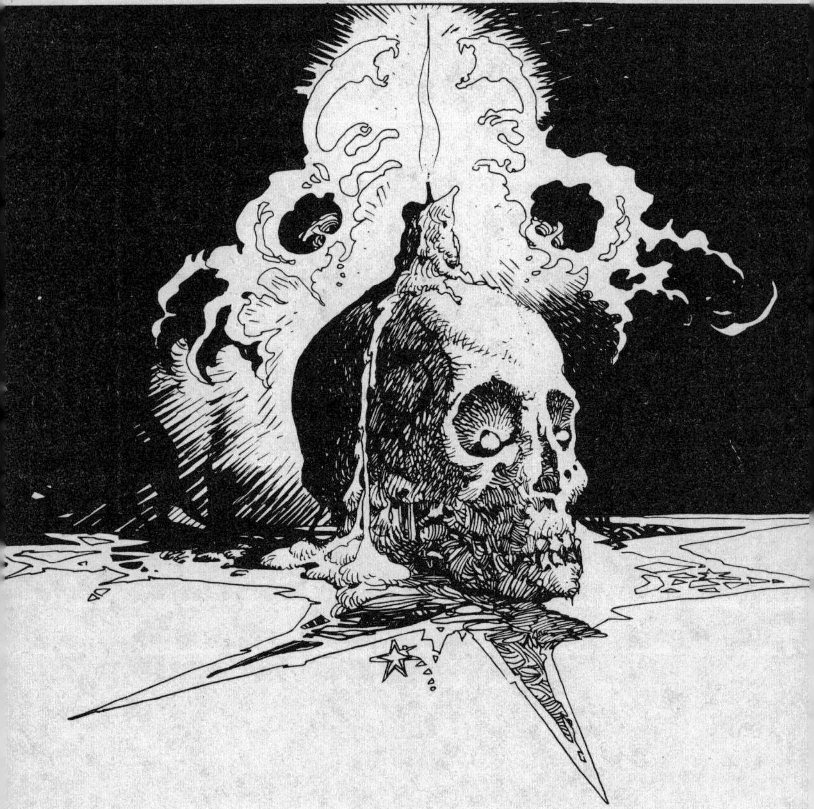

Der Magier konnte sich an eine Zeit erinnern, als Mord eine sehr gefährliche Angelegenheit gewesen war; als der mystische Widerhall einer gedankenlosen Tötung ganze Generationen erschüttern konnte. Aber das war lange her.

Der Zauberer mit dem Spitznamen Zitterberg – alle Zauberer trugen Spitznamen, um sich davor zu schützen, daß ihre wirklichen Namen gegen sie verwendet wurden – hatte sein Handwerk in einer Zeit gelernt, als alle Sprüche weniger mächtig waren. Immer noch lag starkes *Mana* in einem Mord, aber Zitterberg hatte gelernt, es zu beherrschen. Er hatte einen schwunghaften Sklavenhandel mit den Zombies von Mordopfern betrieben und diese belebten Leichen als Diener vermietet, nur um sie dann auf ihre eigenen Herren zu hetzen und so neue Zombies zu erhalten ...

Er hatte seine Macht auch dazu benutzt, sich unsterblich zu machen, eine Tatsache, die er in den letzten zwanzig Jahren ausgiebig bereut haben mußte.

Zitterbergs Schädel stand grinsend auf dem Tisch. Klumpfuß betrachtete ihn unbehaglich. »Vielleicht ist es nicht günstig, diesen Zauber gerade jetzt zu versuchen, bei all dem Wein, den wir getrunken haben.«

»Möchtest du es lieber morgen probieren, vor Sonnenaufgang und mit einem Kater? Ich will Zitterberg bei mir haben, wenn wir mit Piranther und Mirandee zusammentreffen.«

»Schon gut. Fang an.« Klumpfuß verriegelte die Tür und belegte sie mit einem Spruch gegen das Eindringen übernatürlicher Kräfte. Einen mordlustigen toten Mann wiederzubeleben war ein Glückspiel, auch ohne daß irgendein Außenseiter sich einmischte – und in Prissthil gab es mehr als genug Amateurzauberer. Zauberei war hier eine alte Tradition, noch aus der Zeit als es reichlich Sternenstein gab.

Der Magier sang, während er an seinem Zauber arbeitete. Er war ein alter Mann, groß und hager, mit einem Kopf so kahl wie ein Ei und einer hohen, dünnen Stimme. Die Worte, die er sang, gehörten einer Sprache an, die außer von den Mitgliedern der Gilde der Hexenmeister von niemandem mehr gesprochen wurde.

Aus dünnem Lederband knotete er eine Schlinge, um das gebrochene Kiefergelenk zu befestigen. Andere Streifen führte er über die Wangenknochen, die Kiefer, die Ohren. Als er fertig war, ergaben die Lederbänder das grobe Abbild der menschlichen Gesichtsmuskulatur.

Der Magier trat einen Schritt zurück und überlegte. Dann klebte er zwei runde Fellstücke hinter die Ohrlöcher, einen längeren Streifen klebte er am Tisch fest und führte ihn von innen in die Mundhöhle.

Er warf Klumpfuß, der ihn die ganze Zeit aufmerksam beobachtet hatte, einen Blick zu. Klumpfuß sagte: »Augen?«

»Vielleicht später.« Der Magier sagte in der alten Sprache »Kranthkorpool, sprich zu mir.«

Der Schädel öffnete die Kiefer und schrie.

Klumpfuß und der Magier hielten sich die Ohren zu. Es half nichts. Die Stimme des Schädels war nicht mit den Ohren zu erfassen und konnte wenigstens die übrigen Gäste nicht aufschrecken.

»Er ist verrückt! Bring ihn zum Schweigen!« rief Klumpfuß.

»Noch nicht.«

Der Schädel brüllte seine Qual hinaus. Es dauerte mehrere Minuten bis er innehielt, wie um Luft zu

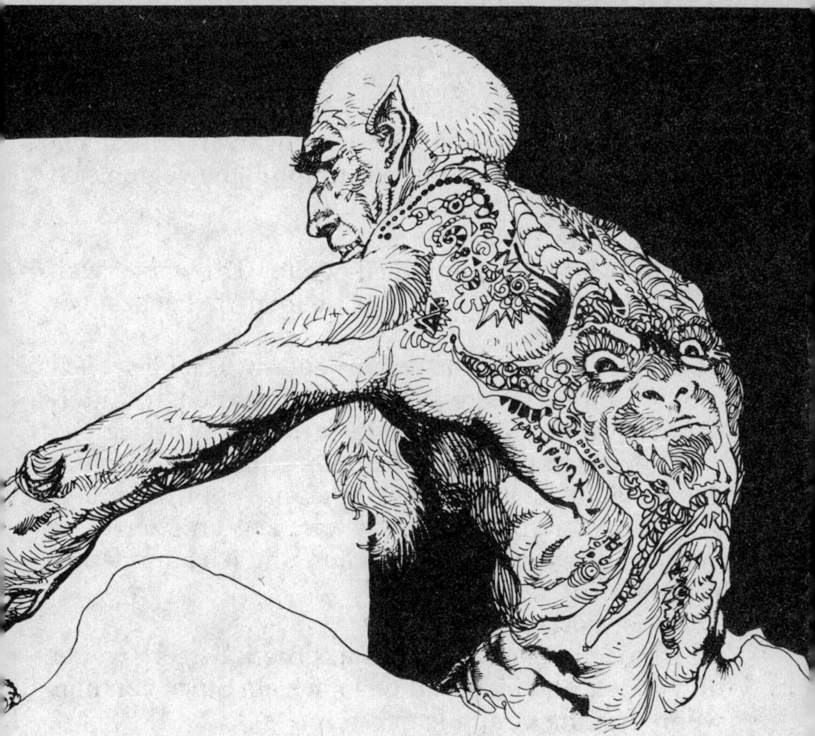

schöpfen. In diese Unterbrechung hinein rief der Magier: »Kranthkorpool, hör auf! Es ist seit zwanzig Jahren vorbei!«

Der Unterkiefer des Schädels sank herab. »Zwanzig Jahre?«

»Fast solange dauerte es, bis ich deinen wirklichen Namen herausfand, Kranthkorpool.«

»Nenn mich Zitterberg. Wer bist du? Ich kann nicht sehen.«

»Einen Moment.« Der Magier pflückte zwei Weinbeeren ab und schob sie durch das Schädelinnere in die Augenhöhlen. Mit Tinte malte er zwei schwarze Punkte auf die Beeren.

»Ah«, sagte der Schädel. Die schwarzen Punkte bewegten sich. Sie musterten Klumpfuß, bewegten sich weiter. »Du bist Magier?«

Der Magier nickte.

»Ich dachte, ich hätte dich getötet. Du warst zweihundert Jahre alt, als ich deinen Lebenszauber löschte.«

»Es gelang mir, ihn zu erneuern. Teilweise. Ich muß dir einen theoretischen Sieg zugestehen, Zitterberg. Es war mein Verbündeter, der dich besiegte.«

»Theoretischer Sieg!« In dem schrillen Gelächter des Schädels lag Hysterie. »Dieser Teppichhändler, der zum Werwolf geworden war, zog und zerrte an mir! Es hörte und hörte nicht auf, und ich konnte und konnte nicht sterben!«

»Es ist vorbei.«

»Ich dachte, es würde nie aufhören. Es ging weiter und weiter und jedesmal verlor ich ein Stück von mir, wenn er nahe genug kam ...«

Der Schädel schwieg, schien zu überlegen. Ein Gesichtsausdruck war natürlich nicht zu erkennen. »Ich habe keine Schmerzen. Um genau zu sein, ich fühle überhaupt nichts. Es war eine lange Zeit, in der ich nichts fühlen konnte, nichts hören, nichts riechen oder ... Zwanzig Jahre hast du gesagt? Magier, wie sehe ich aus?«

Der Magier nahm einen Spiegel von der Wand. Zitterbergs Schädel betrachtete sich eine Zeitlang und sagte dann: »Das konntest du dir einfach nicht verkneifen, wie?«

»Ich war dir noch was schuldig. Jetzt mußt du eine Entscheidung treffen. Willst du sterben? Ich kann den Unsterblichkeitszauber, mit dem du dich belegt hast, löschen.«

»Ich weiß nicht. Laß mich nachdenken. Was willst du von mir, Magier?«

»Hilfe.«

Der Schädel lachte. »Von mir?«

»Du warst der mächtigste Hexenmeister der Welt. Du warst mächtig genug, um mich zu besiegen«, erklärte der Magier. »Ich wäre tot gewesen, hätte ich nicht einen Helfer gehabt. Du hast deine Macht zum Bösen genutzt, aber niemand bezweifelt deine Fähigkeiten. Morgen treffe ich mit zwei bedeutenden Zauberern zusammen. Wir werden deinen Rat brauchen.«

»Kenne ich sie?«

»Piranther. Mirandee.«

»Piranther?« Der Schädel kicherte. »Das Zusammentreffen möchte ich gerne sehen. Piranther hat eine deiner Versammlungen unter Protest verlassen, nicht? Nachdem du ihn einen kurzsichtigen Narren genannt hattest. Ich hörte, daß er mit seinem Stamm zum Südkontinent zog und schwor, nie mehr zurückzukehren.«

»Du hast richtig gehört. Und er hat seinen Schwur lange gehalten. Erst jetzt kam er zurück.«

Der Schädel schwieg eine Weile. Dann sagte er: »Du hast meine Neugier geweckt. Ich habe keine Lust, jetzt gleich zu sterben. Wenn man die Umstände bedenkt, mag das albern erscheinen, aber es ist nun mal so. Kannst du mir wieder einen Körper geben?«

»Sieh mich an.«

Die Haut auf Magiers Rücken war mit farbiger Tinte durchsetzt: eine fünfseitige Tätowierung, die eine fast hypnotische Wirkung ausübte. Die berühmte Dämonenfalle, einst Unterkunft für den Wächterdämon des Magiers, war jetzt leer, aber er ging immer noch mit nacktem Oberkörper. Obwohl es unnötig geworden war, blieb die Gewohnheit.

Eine Gewohnheit, die ihm nicht gerade schmeichelte. Die Rippen des Magiers stachen hervor. Sein Bauchumfang war dafür beachtlich. Über den eingefallenen Gesichtsmuskeln lag faltige, runzelige Haut. Sehnen zogen wie ein kleines Gebirge über die verblassenden Farben der Dämonenfalle.

Der Schädel seufzte traurig.

»Sieh mich an! Ich würde mir meine Jugend zurückwünschen, wenn es mit dem Wunsch getan wäre«, sagte der Magier. »Zweihundert Jahre lang war ich jung. Jetzt versagen die Sprüche. Alle Sprüche.«

»Also braucht ihr einen Hexenmeister.« Die Punkte auf den Weinbeeren wanderten zu dem roten Mann. »Bist du auch an diesem Wahnsinn beteiligt?«

»Natürlich.«

Der Magier stellte vor: »Das ist Klumpfuß, unser Verbündeter.«

»Sehr erfreut. Ich würde dir die Hand schütteln, aber du siehst ja, wie es mit mir steht«, meinte Zitterberg.

Klumpfuß ging in dieser Sache jeder Humor ab. »Eines Tages wirst du vielleicht wieder Hände haben, aber meine wirst du nie berühren. Ich habe die Dörfer gesehen, die du vernichtet hast. Ich half, dich zu töten, Zitterberg.«

Die Tintenkleckse richteten sich wieder auf den Zauberer, der sich Magier nannte. »Und dieser taktlose Lümmel soll also unser Verbündeter sein? Nun gut, was habt ihr vor?«

»Wir wollen Maßnahmen besprechen, mit denen wir das *Mana* auf die Erde zurückbringen können.«

Das Gelächter des Schädels war hoch und schrill. Der Magier wartete, bis es leiser wurde. Endlich erkundigte er sich: »Bist du fertig?«

»Muß wohl. Werden wir alle fünf dazu gebraucht?«

»Ich versuchte, eine vollständige Versammlung der Gilde einzuberufen. Nur zehn antworteten meinem Ruf. Von diesen zehn waren nur drei fähig, die Reise zu unternehmen.«

»Ist dir schon mal der Gedanke gekommen, daß Zauberei *Mana* nur verbrauchen kann, niemals aber neues *Mana* schaffen?«

»Wir sind keine Narren. Wie wäre es mit einer auswärtigen Quelle?«

»Und die wäre?«

»Der Mond.«

Der Magier erwartete erneutes Gelächter, aber es blieb aus. »*Mana* vom Mond? Auf die Idee wäre ich in tausend Jahren nicht gekommen. Aber ... warum nicht? Sternensteine sind reich an *Mana*. Warum nicht auch der Mond?«

»Mit genug *Mana* und den richtigen Sprüchen könntest du wieder ein vollständiger Mensch werden.«

Der Schädel lachte. »Und du ebenfalls, Magier. Aber wo finden wir Zauberkraft, die stark genug ist, uns zum Mond zu bringen?«

Die Tür erbebte unter donnernden Schlägen.

Die Zauberer erstarrten. Dann streifte Klumpfuß einen Reif von seinem Oberarm und blickte durch ihn auf die Tür. »Keine Zauberei«, verkündete er. »Ein gewöhnlicher Sterblicher.«

»Was sollte ein Sterblicher von uns wollen.«

»Vielleicht brennt das Haus.« Klumpfuß rief laut: »He, du, da draußen ...«

Weder die alten Zaubersprüche, noch die alten Riegel an der Tür waren stark genug. Ein gewaltiger Fußtritt schmetterte die Tür in den Raum. Ein bewaffneter Mann trat ein und blickte sich um.

»Ich muß mit einem Zauberer sprechen«, knurrte er.

»Du hast gerade Zauberer unterbrochen, die mit privaten Geschäften beschäftigt waren«, teilte der Magier ihm mit. Kein verständiger Mann hätte eine zweite Warnung gebraucht.

Der Störenfried war schlecht rasiert, das lange schwarze Haar grob in Schulterlänge abgeschnitten. Seine dunklen Augen musterten zwei Männer und einen Schädel, der ein makabres Amüsement ausstrahlte. »Ihr seid Zauberer«, sagte er verwundert. Der nächste Augenblick hätte seinen Tod bringen können, denn er zog sein Schwert, und Klumpfuß hob die Arme zu einem tödlichen Waffenzauber.

Der Magier schüttelte Klumpfuß an der Schulter. »Hör auf! Es ist zerbrochen.«

»Ja. Ich habe es zerbrochen«, sagte der Eindringling. Er betrachtete den Griff und warf ihn plötzlich in eine Ecke. Zwei Schritte brachten ihn an den Magier heran und Hände wie Stahlklammern schlossen sich um dessen gebrechliche Schultern. Suchend starrte er in das Gesicht des Magiers. Er sagte: »Warum ist es geschehen?«

Klumpfuß hob erneut die Arme. Menschliche Wesen sind zerbrechliche, wässerige Dinge. Todeszauber sind die einfachsten, die es gibt.

»Hör auf und fang noch mal von vorne an«, schlug der Magier vor. »Ich habe keine Ahnung, wovon du redest. Wer bist du?«

»Orolandes. Griechischer Soldat.«

»Warum hast du dein Schwert zerbrochen?«

»Ich haßte es. Ich dachte, es geschah wegen der Leute, die ich tötete. Nicht die anderen Soldaten. Die Priester.«

Klumpfuß rief: »Du warst an der Atlantis-Invasion beteiligt!«

»Ja. Endlich haben wir doch Atlantis angegriffen. Das erste Mal, daß die Griechen so weit vordrangen.« Orolandes ließ den Magier los. Er wirkte wie ein Schlafwandler und nahm nichts von seiner Umgebung wahr. »Wir taten es wegen der Sklaven und der Schätze. Das war alles.«

»Und der Vormacht im Handel«, sagte der Magier.

»Ha? Vielleicht. Mir hat man nichts dergleichen gesagt. Wie auch immer, wir siegten. Die Armeen von Atlantis müssen während der langen Friedenszeit verweichlicht sein. Wir drangen durch ihre Reihen als wären sie nichts. Aber die Priester waren eine andere Sache. Sie standen nebeneinander auf den Stufen des großen Tempels und bewegten die Arme. Wir wurden krank. Einige von uns starben. Aber wir drangen weiter vor, kriechend – ich jedenfalls kroch –, und wir erreichten sie und töteten sie. Und dann gehörte Atlantis uns.«

Aus verstörten Augen blickte er auf die Zauberer. »Unser. Endlich. Hunderte von Jahren hatten wir von der Eroberung Atlantis geträumt. Wir wollten ihre Schätze. Wir wollten ihnen die Waffen nehmen. Wir wollten sie tributpflichtig machen. Aber niemals, niemals wollten wir sie alle töten. Alte Männer, Frauen, Kinder, alle. Niemand hat je an so etwas gedacht.«

»Du Sohn eines Trolls. Ich hatte Freunde in Atlantis«, entrüstete sich Klumpfuß. »Wie hast du überlebt? Warum bist du nicht mit den anderen gestorben?«

»Ha? Da stand ein großes goldenes Stieridol auf der obersten Stufe. Wir lachten und prahlten und verbanden unsere Wunden, als das Land zu beben begann. Alle stürzten zu Boden, so heftig schwankte die Erde. Das Stieridol stürzte von seinem Sockel über die Stufen. Dann deutete jemand nach Westen, und der Horizont hob sich. Es sah nicht aus wie Wasser. Es war zu dunstig, zu groß. Es sah aus, als stiege der Hori-

zont weiter und weiter empor. Ich kroch unter das gestürzte Standbild. Hauptmann Jason schrie, daß die Erscheinung nicht wirklich wäre, nur eine Täuschung, daß wir einen der Priester übersehen haben mußten. Dann kam das Wasser über uns wie der Weltuntergang. Ich glaube, das Stieridol hat mir das Leben gerettet – es war so schwer, daß die Fluten es nicht bewegen konnten –, aber fast wäre es auch mein Tod gewesen. Ich arbeitete mich darunter hervor und versuchte zu schwimmen.

Ich packte etwas, das neben mir an die Oberfläche kam. Es war das Teil eines Holzdaches. Ein Zentaurenmädchen schwamm an mir vorbei, und ich zog sie zu mir herauf. Ich dachte, nun wenigstens hätte ich einen von ihnen gerettet. Und dann fiel sie einfach um.«

Klumpfuß sagte: »Zentauren leben durch Zauber. Ohne *Mana* mußte sie sterben.«

»Aber was ist geschehen? Waren wir schuld?«

»Es war eure Schuld«, bestätigte Klumpfuß.

»Ich dachte … vielleicht … ich hoffte …«

»Es war eure Schuld. Ihr habt sie alle getötet.«

Der Magier fügte hinzu: »Atlantis hätte schon vor Hunderten von Jahren versinken sollen. Nur der Zauber der Priesterkönige ließ es weiterbestehen.«

Orolandes nickte schwerfällig. Er wandte sich zur Tür.

»Haltet ihn zurück«, sagte Zitterberg. Als Orolandes sich in die Richtung der neuen Stimme drehte, schnappte der Schädel: »Du, Schwertkämpfer. Wie wäre es mit einer kleinen Wiedergutmachung?«

Orolandes starrte auf den sprechenden Schädel.

»Na? Du hast einen ganzen Kontinent vernichtet, Menschen, Zentauren, Meervolk und alle. Du hast

dein Schwert zerbrochen, weil du dich vor dir selbst geekelt hast. Wie würde es dir gefallen, zur Abwechslung mal etwas Gutes zu tun? Hilf mit, daß es anderen nicht so ergeht.«

»Ja, das würde ich tun.«

»Was soll das bedeuten?« fragte Klumpfuß.

»Wir könnten ihn brauchen. Vielleicht weiß ich von der Quelle sehr mächtigen *Manas*.«

»Wo?«

»Das behalte ich noch für mich. Bedeutet dir der Begriff ›Gott in einem Gott‹ etwas?«

»Nein.«

»Gut.« Der Schädel kicherte. »Wir werden sehen, was sich morgen ergibt. Kümmert euch darum, daß dieser ... Orolandes bei uns ist, wenn wir unsere Freunde treffen. Du, Orolandes, hast du ein Zimmer hier?«

»Ich kann eins nehmen.«

»Komm in der Morgendämmerung zu uns zum Frühstück.«

Orolandes nickte und ging. Seine Schritte waren kraftlos. Den Schwertgriff ließ er in der Ecke liegen.

HIMMELSFAUST

Von Prissthils Toren konnte man eine ovale Senke von auffälliger Regelmäßigkeit erkennen, hinter der sich grüne Hügel erhoben. Die Zeit hatte die Ränder von Himmelsfaust abgeschliffen. Wenn man näherkam, waren sie kaum noch zu erkennen. Gras hatte die Gruben und Schutthalden überwuchert, die von den Männern, die nach Sternenstein gegraben hatten, zurückgelassen worden waren. Von einer Stelle, an der einmal der Kamm verlaufen war, konnte Orolandes nur erkennen, daß das Land sich etwas senkte, um dann wieder sanft anzusteigen.

Die Sonne war gerade aufgegangen, und im Tal war es noch schattig und kühl. Orolandes fröstelte.

Der alte Mann neben ihm schien nicht zu frieren, obwohl er mit bloßem Oberkörper ging. Ein sprechender Schädel war mit Lederriemen an seiner Schulter festgebunden. Der Alte und der Schädel und der jüngere Mann plauderten, während sie gingen: Alltägliches, Berufskauderwelsch und Erinnerungen an vergangene Jahre.

Orolandes zog die Schultern hoch. Er war unter die Zauberer geraten, willig und sehenden Auges; er hatte allen Grund, sich seiner geistigen Gesundheit nicht mehr ganz sicher zu sein. Vor diesem schrecklichen Tag in Atlantis hätte er in einem Zauberer nie etwas anderes als einen Feind gesehen.

Im Dorf des Fischervolkes hatte Orolandes darauf gewartet, daß die Erinnerungen verblaßten. Sprich nicht davon, denk nicht daran – die schrecklichen Bilder würden verschwinden.

Aber in der Dunkelheit des Schlafens bäumte das Meer sich auf und verschlang die Welt mitsamt seiner Beute, seinen Kameraden und dem Volk, das sie unterworfen hatten. Dann wachte er auf und starrte in die Dunkelheit, bis es hell wurde.

Oder an einem hellen Nachmittag zog er an den Strängen eines vollen Netzes ... und erinnerte sich an das Gewicht des Zentaurenmädchens, seine plumpen Versuche, sie zu beatmen. Er hatte gesehen, wie ihre Augenlider flatterten, wie sie den Kopf hob, ihn anblickte und wie ihr Leben dahinschwand.

Was war an diesem Tag geschehen? Wenn er den Grund wußte, würde das Entsetzen ihn verlassen und die Schuld ... So wenigstens hatte er gehofft. Jetzt wußte er den Grund. Was die Zauberer ihm gesagt hatten, war noch schlimmer, als was er sich ausgemalt hatte.

Die Hoffnung, an die er sich jetzt klammerte, war die lächerlichste von allen. Orolandes konnte in dem weißen Knochengesicht des toten Zauberers nicht lesen. Selbst für seine Zaubererfreunde war der Schädel offenbar nur ein geduldetes Übel. Aber niemand außer ihm hatte Orolandes einen Hoffnungsschimmer gewährt.

Auf das vage Versprechen eines Totenschädels hin war er diesen Männern gefolgt. Er mußte abwarten und sehen, was geschah.

*

Der Magier fühlte sich ungewöhnlich lebendig. Als sie zu einer Himmelsfaust hinabstiegen, schärfte sich sein Hör- und Gesichtssinn, seine Magenbeschwerden klangen ab. Durch all die Jahrhunderte hatten die Leute der Stadt auch das kleinste Stückchen des Brockens, der flammend aus dem Himmel gestürzt war, weggeschafft, aber zu Gas verwandelter Fels hatte sich verdichtet und über dem Gebiet abgelagert, und das war geblieben. Alte Zaubersprüche erhielten neue Kraft.

Aus dem Schatten unten kamen zwei Gestalten auf sie zu.

»Ich erkenne Mirandee«, bemerkte Klumpfuß. »Der andere müßte Piranther sein?«

»Wahrscheinlich. Ich bin ihm nur einmal begegnet.«

Klumpfuß lachte. »Und das eine Mal hat schon gereicht?«

»Es überrascht mich, daß er überhaupt gekommen ist. Wir gingen nicht gerade als Freunde auseinander. Ich war so sicher, recht zu haben, daß ich etwas die Beherrschung verlor. Aber das war vor mehr als fünfzig Jahren.« Der Magier wandte sich an den Schwertkämpfer. »Orolandes, ich hätte es dir schon früher sagen sollen – du kannst immer noch umkehren.«

Die Hand des großen Mannes strich über die leere Schwertscheide. Er betrachtete den Magier aus übergroßen Augen und sagte: »Nein.«

»Du stehst kurz davor, manches über die Geheimnisse von Zauberern zu erfahren. Es ist nicht wahrscheinlich, daß du allzuviel lernen wirst, aber sollte es doch der Fall sein, haben wir Mittel und Wege, uns mit deinem Gedächtnis zu befassen.«

Zum erstenmal sah der Magier den Mann lächeln. Der Schwertkämpfer sagte: »Da sind ein paar Dinge drin, die ihr gleich mit herausschneiden könnt, wenn ihr schon dabei seid.«

»Meinst du, was du sagst?«

»Ich bin nicht sicher. Was für eine Art Mann ist das, der da kommt? Oder ist er nur der Hausdämon der Frau neben ihm?«

Der Mann, der auf sie zukam, war klein und

schwarzhäutig und nackt trotz der Herbstkälte. Sein Haar war plusterig wie reifer Löwenzahn. An einem Band um seinen Nacken hing ein Lederbeutel.

»Sein Volk kommt vom Südkontinent«, sagte Klumpfuß. »Sie sind mächtig und empfindlich. Sei höflich.«

Piranthers Begleiterin, einen Kopf größer als er, war eine Frau in einem leuchtendblauen Gewand. Schneeweißes Haar fiel bis auf ihre Hüften und wogte bei jedem Schritt. In einem längst vergangenen Jahr hatten Mirandee und der Magier zusammengelebt, ihr Wissen und auch andere Dinge geteilt, während sie sich auf eine nur teilweise berufliche Art mit Sex-Zauberei beschäftigten.

Aber jetzt glitten ihre Augen über den Magier hinweg und richteten sich auf Klumpfuß. »Klumpfuß, es ist ein Vergnügen, dich wieder mal zu sehen! Und deine Freunde.« Sie wunderte sich sichtlich, was der narbige, stämmige, verwirrte Mann an diesem Ort suchte. Dann wandte sie sich wieder an den Magier, und das Blut wich aus ihrem Gesicht.

Was bedeutete das? War es die Reaktion auf den bizarren Schädel auf seiner Schulter? Nein. Sie trat einen halben Schritt vor und sagte: »Oh, ihr Götter! Magier!«

Das also war es. »Der Zauber vergeht«, erklärte er sanft. »Ich wünschte, ich hätte daran gedacht, dir eine Warnung zu schicken. Ich sehe, daß dein eigener Jugendzauber besser gehalten hat.«

»Schon, aber ich bin jünger. Fühlst du dich sonst gut?«

»Ich lebe. Ich kann mich bewegen. Mein Gehirn ist in Ordnung. Ich bin jetzt zweihundertvierzig Jahre alt, Mirandee.«

Zitterberg meldete sich von seinem Platz auf des Magiers Schulter. »Er ist immerhin noch in besserem Zustand als ich.«

Die Augen der Frau richteten sich auf ihn, fragend hob sie die Brauen.

»Ich bin Zitterberg, Mirandee. Ich habe von dir gehört.«

»Und ich von dir.« Ihre Stimme wurde frostig. »Magier, ist es richtig, daß wir uns mit diesem ... Mörder abgeben sollen?«

»Wenn man seine Fähigkeiten und sein Wissen in Betracht zieht, glaube ich schon.«

Der Schädel kicherte. »Ich weiß zuviel, um nicht dabeizusein, meine Liebe. Vertraue mir, Mirandee, und vergib mir den Tod von ein paar Dutzend Sterblichen. Wir sind hier, um den Zauber zu erneuern, der einst die Welt durchzog. Ich wünsche das noch mehr als du. Der Grund dürfte offensichtlich sein.«

Aber Mirandee blickte auf den Magier, als sie Zitterberg antwortete. »Nein, du tust es nicht.«

Der greise, schwarze Mann sprach zum ersten Mal. »Schädel, ich spüre deinen Ehrgeiz. Deine anderen Gedanken verbirgst du. Was ist es, was du nicht preisgibst?«

»Ich würde mich verbeugen, Piranther, wenn ich es könnte«, antwortete Zitterberg. »Weißt du von dem ›Gott in einem Gott‹?«

Piranther runzelte die Stirn. »Diese Worte sagen mir nichts.«

»Dann habe ich das Wissen, das ihr braucht. Ein Punkt zu meinen Gunsten. Nehmt bitte zur Kenntnis, daß ich hilfloser bin als ein Baby. Ist das nicht eine Basis, auf der wir miteinander auskommen können? Ich verlange ja nicht, daß ihr mir traut.«

Piranther wandte sich ab. Sein Gesicht war so ausdruckslos wie sein Gehirn, und sein Gehirn war so dunkel und unergründlich wie das Meer. »Magier, ich sollte dankbar sein, daß du noch lebst. Und du mußt Klumpfuß sein, ich habe von dir gehört. Aber wer seid Ihr, Herr?«

»Orolandes. Ich ... man bat mich, mitzukommen.«

Zitterberg warf ein: »Ich habe ihn eingeladen. Seine Motive sind gut. Laßt ihn bleiben.«

Piranther zeigte ein halbes Lächeln. »Auf Treu und Glauben?«

Zitterberg schnaubte. »Du bist ein Zauberer, sagt man. Lies seine Gedanken. Er hat nicht mal die Abwehrkräfte einer Schildkröte.«

Diese Worte und Piranthers langsames, verächtliches Nicken waren zuviel. »Nein!« schrie Orolandes, und seine Hand zuckte zu der leeren Schwertscheide. Er trat mehrere Schritte zurück.

»Bleib stehen, Grieche. Was hast du zu verbergen?« rief der Schädel.

Orolandes stöhnte. Das Gewicht seiner Schuld war unerträglich. Er hatte den Wunsch, im Boden zu versinken. Aber dann blitzte etwas wie Haß in seinem gequälten Geist auf, Haß gegen die, die ihn zu richten sich anmaßten: für die Sympathie des Magiers; die kühle Neugier der Frau; die Ungerührtheit des schwarzen Dämons; den leichten Ärger des roten Mannes über die Zeitverschwendung. Orolandes hatte sich längst selbst verurteilt. Er straffte sich und trat den Zauberern entgegen.

Leichen bedeckten das Meer um sein Floß, so weit er sehen konnte. Haie und Mörderwale tauchten zwischen ihnen auf ...

Piranther verzog angeekelt das Gesicht. »Du hät-

test mich warnen können. Also gut, Zitterberg, er ist wahrscheinlich harmlos. Aber er traut dir nicht mehr als ich.«

»Und warum sollte er?«

Piranther zuckte die Schultern. Mit einer eleganten Bewegung ließ er sich mit übergeschlagenen Beinen auf dem Boden nieder. »Ich hatte gehofft, hier mit dreißig oder vierzig ausgebildeten Zauberern zusammenzutreffen. Es bedeutet nichts Gutes, daß nur fünf kommen konnten. Aber da sind wir nun. Wer spricht?«

*

Eine unbehagliche Pause entstand. Klumpfuß meinte: »Wenn sonst niemand möchte …?«

»Sprich weiter.«

Mirandee und der Magier setzten sich gleichfalls.

Klumpfuß blickte auf den Walhalla-Berg, um seine Gedanken zu sammeln. Vielleicht bereute er seine Voreiligkeit schon. Immerhin war er der jüngste der anwesenden Zauberer. Nun …

»Zuerst waren die Götter«, sagte er. »In jenen Tagen funkelte die Erde vor Zauber und nichts war unmöglich. Der erste Gott schuf sich wahrscheinlich selbst. Später mögen die Götter nicht mehr so mächtig gewesen sein, aber es gibt Geschichten über Gebirge, die aufeinandergetürmt wurden, um himmelsbewohnende Götter zu stürzen; über einen Gott, der in Stücke gerissen wurde, und aus dessen Teilen ganze Götterpantheons entstanden; über die Sonne, die wegen nichtiger Gründe in ihrem Lauf angehalten wurde. Die Götter lebten durch Zauberkraft, nicht durch das Feuer. Mit der Zeit wurde das *Mana* weniger, und die Götter wurden zu Legenden … wie wir

vermutlich sterben würden, wenn es kein Feuer mehr gäbe.

Wir haben noch die Angewohnheit, den Göttern zu danken, Sterbliche und Zauberer gleichermaßen. Aus gutem Grund. Bevor sie starben, erschufen die Götter im Spiel andere Lebensformen. Ihre Schöpfungen überlebten sie. Einige leben durch etwas, das ein langsam brennendes Feuer zu sein scheint ... Menschen, Füchse, Hasen ... und die meisten Pflanzen brauchen das Feuer der Sonne. Andere Pflanzen und Tiere brauchen sowohl Feuer als auch *Mana*. Wir wissen von Einhörnern, die in *Mana*-armen Gegenden überlebten, auch wenn die Fohlen mit verkrüppelten oder ganz ohne Hörner geboren wurden. Aber viele Lebensformen, die *Mana*-abhängig sind, gehen

in das Reich der Sage ein: das Meervolk, Drachen, Zentauren, Elfen.«

Klumpfuß benahm sich eigenartig für einen Mann, der eine Rede hielt. Er sprang zu einem Felsblock, hob ihn auf und drehte ihn um. In der Höhlung lag ein grauer Schleimklumpen von ungefähr einem halben Meter Durchmesser.

In seiner Jugend hatte der Magier fleischfressende Goo von der Größe eines Hauses getötet. Für einen nur mit dem Schwert bewaffneten Mann, waren die Geschöpfe gefährlicher als ein Drachen, denn gewöhnlich war die Waffe zu kurz, um den Zellkern des Wesens zu erreichen. Dieses Goo war vergleichsweise winzig. Es war formlos und durchscheinend, etwas dunkler zeichneten sich die inneren Organe unter der geschmeidigen Haut ab. Es krümmte sich in der Morgenhelle und versuchte, Klumpfuß' Schatten zu erreichen.

»Da! Das ist es, worüber ich rede!« rief Klumpfuß. »Die Goo überleben, aber seht es an. Goo sind nach dem ersten Laut benannt, den ein Baby von sich gibt. Man hält sie für die Kinder des ersten Gottes: formlos, wandlungsfähig, geschaffen nach dem Bild des fließenden Chaos. In der Wüste haben wir welche gesehen, die kleiner waren als eine Männerfaust. Seht ihr, wie klein es geworden ist? Goo leben von Feuer und Zauber, aber sie können auch mit Feuer allein auskommen. Wenn kein Zauber mehr in der Welt ist, werden die Goo immer noch dasein, aber wahrscheinlich so klein, daß sie nicht mehr zu sehen sind.

Und auch wir werden überleben, denn wir leben vom Feuer allein. Aber wir werden Bauern sein, Händler oder Gaukler, und die Männer des Schwertes werden die Welt regieren. Deshalb sind wir hier.

Nicht, um die Drachen zu retten oder die Zentauren oder die Goo. Um uns selbst zu retten.«

»Dank dir. Du bist sehr beredt«, sagte Piranther. Er schien den Vorsitz übernommen zu haben, und niemand erhob Einwände deswegen. »Hat irgendjemand Vorschläge zu machen?«

Mirandee meldete sich: »Was ist mit deinem Vorhaben, Piranther? Vor fünfzig Jahren wolltest du die *Mana*-reichen Gebiete der Erde aufzeichnen.«

»Und ich sagte, das hieße, sich selbst zu beschränken«, warf der Magier ein.

»Und du nanntest mich einen kurzsichtigen Narren«, fügte Piranther gleichmütig hinzu. »Trotzdem haben wir die Vorhaben durchgeführt. Wie ihr wißt, gibt es Plätze, die menschliche Zauberer nie erreichten oder besiedelten, und wo das *Mana* noch reichlich vorhanden ist. Ich brauche wohl kaum darauf hinzuweisen, daß es sich um die am wenigsten begehrenswerten Orte dieser Welt handelt. Das Land unter dem Eis des Südpols. Im Norden das Eis selbst. Die Wolken. Jeder Narr, der die Wolken betrachtet, wird merken, daß sie Zauberkraft enthalten. Ich kenne Sprüche, um aus Wolken eine feste Masse zu machen, und daraus Burgen und dergleichen zu bauen.«

»Die kenne ich auch«, brummte der Magier.

»Auch Sheefyre kannte sie«, bemerkte Mirandee trocken. »Die Hexe Sheefyre wird nicht zu unserem Treffen kommen. Sie erlitt einen fatalen Unfall. Was kann man schon machen, wenn man auf einer Wolke sitzt und das *Mana* verschwindet?«

»Genau! Das war unser Hauptproblem«, sagte Piranther. »Es gibt Orte, an denen man Zauber wirken kann, aber wenn die Sprüche ihre Kraft verlieren, wie steht man da? In einer Wüste oder auf einem unersteigbaren Berggipfel oder in der schrecklichen Kälte des Südpols? Aber bei unserer Suche fanden wir einen Zufluchtsort, eine unbekannte Landmasse auf der südlichen Halbkugel.

Allem Anschein nach war Australien bis vor kurzem von Dämonen verseucht. Sie sind jetzt verschwunden. Alles, was von ihnen übriggeblieben ist, ist die Sage von einer Hölle unter der Erde. Aber warum sonst sollte die fünftgrößte Landmasse der Welt unbesiedelt geblieben sein, bis wir kamen? Ihr wißt, daß, als wir mit dem Kartographieren fertig waren, ich mein Volk dorthin führte, alle, die mit mir gehen wollten. *Mana* ist reichlich vorhanden. Wir entdeckten neue Pflanzen und Wurzeln und Tiere. Auf einer nahen Insel gibt es einen riesigen Vogel, den Moa, den besten Fleischlieferanten der Welt ...«

Der Magier grinste. »Höre ich da eine Einladung, auszuwandern?«

Einen Augenblick lang wirkte Piranther wie ein in die Falle gegangenes Tier, aber er fand rasch zu seiner ausdruckslosen Maske zurück. Er sagte: »Ich fürchte, wir haben keinen Platz für euch.«

»Was, auf der Welt fünftgrößtem Kontinent?«

»Auf der Versammlung vor fünfzig Jahren hast du gesagt ... wie hast du es noch ausgedrückt? Du sagtest, daß das Aufzeichnen der *Mana*-reichen Plätze die Zauberer nur dazu verführen würde, das *Mana* aufzubrauchen. Also ...«

Piranther hob dezent die Schultern. »Ich nehme dich beim Wort.«

Sie sahen ihn an. Sie wußten, daß er etwas verheimlichte, und er wußte, daß sie es wußten ... »Ich muß dich beim Wort nehmen«, erklärte Piranther schließlich. »Die Burgen, die wir durch Zauberei entlang der Küste errichteten, fallen zusammen. Das Ambrosia stirbt. Wir müssen weiter landeinwärts ziehen. Ich fürchte für die Zukunft, denn meine Schüler haben nicht gelernt, mit weniger starken Sprüchen umzugehen, die *Mana* sparen.«

»Sie werden weiter und weiter landeinwärts ziehen«, murmelte Mirandee mit verträumter Stimme, »und auf ihrer Wanderschaft das *Mana* aufbrauchen.« Ihr Gesicht war leer, die Augen blicklos. Manchmal überkam sie ihre prophetische Gabe ohne jede Warnung. »Nach tausenden von Jahren werden die Männer des Schwertes kommen und ein kleinwüchsiges, dunkelhäutiges Volk in den öden Gebieten des Landesinneren finden, hungernd und machtlos, die mit weißen Fingerknochen spielen, ohne etwas zu bewirken.«

»Es besteht kein Grund, so ausführlich zu sein«, bemerkte Piranther kühl.

Mirandee schreckte auf. In ihre Augen kehrte das Leben zurück. »Habe ich gesprochen? Was habe ich gesagt?«

Aber niemand war so taktlos, es ihr zu erzählen. Klumpfuß räusperte sich und meinte: »Unter dem Meer?«

Der Magier schüttelte den Kopf. »Nicht gut. Im Wasser kann man nicht atmen, und das *Mana* befindet sich im Meeresboden. Wenn der Zauber einmal versagt, sind wir im Meer sofort erledigt.« Er blickte sich um. »Sollen wir den Tatsachen ins Gesicht sehen? Es gibt keinen Zufluchtsort. Wenn wir die Zauberkraft nicht auf die Erde zurückholen können, können wir die Welt ebensogut gleich den Männern des Schwertes überlassen.«

Piranther fragte: »Hast du etwas vorzuschlagen?«

»Eine außerirdische Quelle. Den Mond.«

Niemand lachte. Selbst der griechische Schwertkämpfer starrte ihn nur an. Piranthers runzeliges Gesicht blieb unbewegt, als er sagte: »Du mußt das seit mehreren hundert Jahren durchdacht haben. Ist es wirklich dein bester Vorschlag?«

»Ja, so albern es sich auch anhört. Darf ich erklären?«

»Natürlich.«

»Ich habe nichts zu sagen, das nicht offensichtlich wäre. Jede Nacht fallen Steine und Eisen vom Himmel. Sie verbrennen, bevor sie die Erde erreichen. Ihr Einfluß auf die Zauberei ist gering, er muß schnell genutzt werden, während sie noch brennen.

Einige Sternensteine erreichen die Erde. Je größer sie sind, desto mehr Macht besitzen sie. Korrekt?« Der Magier wartete keine Antwort ab. »Der Mond ist groß. Betrachtet ihn, wenn er aufgeht, und ihr könnt es sehen. Er müßte ungeheure Kraft haben – weit mehr als die Faust zum Beispiel. Er *muß* Macht haben. Was anders als Zauberkraft könnte ihn am Himmel festhalten? Ich glaube, daß der Mond mehr *Mana* besitzt, als die Welt seit dem Tod der Götter gesehen hat.

Aber ihr braucht mich nicht, um euch das zu sagen, oder? – Orolandes, besitzt der Mond Zauberkraft?«

Der ehemalige Soldat zuckte zusammen. »Warum fragst du mich? Ich verstehe nichts von Zauberei.« Unbehaglich hob er die Schultern. »Nun gut, der Mond besitzt Zauberkraft. Jeder kann das fühlen.«

»Wir alle wissen es«, sagte Piranther. »Wie, glaubst du, daß wir sie nutzen können?«

»Ich weiß nicht. Wenn unsere Sprüche den Mond erreichen könnten, würde sein eigenes *Mana* es ermöglichen, ihn herunterzuholen.«

»Das alles scheint mir ziemlich ... hypothetisch zu sein«, bemerkte Mirandee behutsam. »Ich weiß nicht, wodurch der Mond festgehalten wird. Wißt ihr es? Weiß es überhaupt jemand?«

Ausdruckslose Gesichter waren die einzige Antwort. Zitterbergs Schädel kicherte. »Wir könnten vielleicht den Mond herunterziehen, nur um zu entdecken, daß wir damit sein gesamtes *Mana* schon verbraucht haben.«

Mirandee war aufgebracht. »Also, weiß dann wenigstens jemand, wie groß der Mond ist? Denn je größer er ist, desto höher steht er am Himmel, und desto schwerer ist er zu erreichen. Er kann Tausende von Meilen über uns schweben.«

»Er muß gewaltig sein«, meinte Piranther. »Ob von Eisland oder dem Südkontinent aus gesehen, er wirkt immer gleich riesig. Nichts von auch nur annähernd dieser Größe, ist jemals auf die Erde aufgeschlagen. Andernfalls würde es Spuren davon am Himmel geben, Spuren aus einer Zeit, als es zwei Monde gab.«

»Wir werden jedenfalls viel Platz brauchen, wenn wir erst die anderen Probleme gelöst haben.« Der Magier zögerte. »Ich dachte an die Wüste Gobi.«

Zitterberg sagte: »Im Südmeer ist noch mehr Platz.«

Klumpfuß gab ein unhöfliches Geräusch von sich. »Flutwellen. Und wir kämen nicht mehr an ihn heran, wenn er erst mal versunken ist.« Er zerrte gedankenverloren an einer einzelnen Haarsträhne. »Warum nicht der Südpol? Nein, vergeßt, was ich gesagt habe. Der Mond wanderte niemals über die Pole.«

Piranther ließ ein aufreizendes Lächeln sehen. »Theorien, Brüder. Theorien. Wir wissen nicht, wie groß der Mond ist. Wir wissen nicht, wie schwer er ist, oder woran er befestigt ist. Wir sind nicht stark genug, um ihn zu erreichen. Ihr alle denkt wie Novizen – ein gewaltiger Ausbruch von Zauberkraft und alles ist erledigt – während wir tatsächlich Sprüche und Macht brauchten, um den Mond zu *erreichen*, um ihn zu *studieren* und *herauszufinden*, was wir tun müssen, und endlich, um seinen Zauber *benutzen* zu können.« Sein Lächeln vertiefte sich. »Heute gibt es nichts mehr auf der Welt, das geheiligt genug ist, um all das zu vollbringen. Magier, einmal hast du mich einen kurzsichtigen Narren genannt. Ich will dich nicht kurzsichtig nennen. Dein Tagtraum würde Arbeit für ganze Generationen bedeuten, wenn er überhaupt erfüllbar ist.«

Der Magier wirkte über diesen Vorwurf verärgert. »Worüber regst du dich eigentlich auf? Vor fünfzig Jahren hatten wir die große Versammlung. Damals war die Macht vorhanden. Aber du und deine Gruppe – ihr wolltet Karten zeichnen.«

Piranthers Lächeln verschwand. Seine kleine schwarze Hand streichelte den Lederbeutel auf seiner Brust – und deutlich war zu spüren, wie Macht sich sammelte.

»Ich weiß von einer *Mana*-Quelle«, sagte der Schädel auf Magiers Schulter.

Zitterberg merkte, daß sich die allgemeine Aufmerksamkeit auf ihn richtete. »Ich hielt es für besser, mich jetzt zu Wort zu melden, während wir noch eine Versammlung haben. Ich wünschte, ich könnte euch Garantien bieten, aber das kann ich nicht. Vielleicht kenne ich einen lebenden Gott, den letzten der

Welt. Ich werde euch zu ihm führen.«

»Das ist schwer zu glauben«, sagte Piranther langsam. »Ein überlebender Gott? Wenn selbst die Drachen auszusterben beginnen? Wenn die Hälfte des Fischfangs auf der Welt von Menschen betrieben wird, von Booten aus, weil das Meervolk ausgestorben ist?«

»Es wird glaubhafter, wenn ihr die Einzelheiten kennt. Ich werde euch die Einzelheiten mitteilen und euch führen«, sagte Zitterberg. »Aber vorher müssen Eide geschworen werden. Wenn wir genügend *Mana* gewonnen haben, um den Sprüchen Kraft zu verleihen, wird dann jeder von euch sein Bestes tun, um mir wieder menschliche Gestalt zu geben?«

Niemand beeilte sich mit der Antwort.

»Bedenkt, eure Eide werden bindend sein. Ein *Geas* ist mächtiger als jedes Naturgesetz, zumal in einer *Mana*-reichen Umgebung.«

»Ich hatte andere Pläne«, sagte Piranther leichthin. »Der Eid, den du verlangst, würde mich zuviel Zeit kosten. Außerdem, du hast sehr viel mehr Interesse an dem Vorhaben des Magiers als wir anderen.«

»Auch dein Interesse ist nicht gerade klein«, gab Zitterberg zurück. »Wir, die wir die Kraft des Mondes zur Erde holen, werden die Welt regieren.«

»Sehr wahr. Aber warum sollten wir dir einen Vorsprung gewähren, während wir unser *Geas* erfüllen müssen? Schwöre uns denselben Eid, Zitterberg. Dann können wir uns alle darum bemühen, dich wieder zusammenzuflicken. Andernfalls werden wir aufwachen und feststellen, daß du uns regierst.«

»Gerne«, sagte Zitterberg und leistete den Eid.

Mit seinem gewohnten halben Lächeln beobachtete Piranther, wie der Magier und Mirandee zögernd den Schwur sprachen, und Klumpfuß dem Beispiel folgte.

»Ich werde nicht schwören«, sagte Piranther lächelnd. »Deshalb nehme ich an, daß du mich nicht führen wirst?« Geschmeidig stand er auf und entfernte sich. Wenn er erwartet hatte, daß man ihn zurückrufen würde, so hatte er sich geirrt, und sie sahen ihn in Richtung Prissthil verschwinden.

»Das kann uns teuer zu stehen kommen«, sagte Zitterberg.

»Wir können ohne ihn auskommen«, meinte Klumpfuß.

»Du verstehst mich nicht«, erläuterte Zitterberg. »Ich meinte, was ich sagte. Wenn wir versagen, ist die Welt für uns verloren. Wenn wir die Macht des Mondes erringen, regieren wir die Welt. Wenn Piranther uns folgt und erfährt, was wir erfahren, und wenn er zur Stelle ist, wenn wir an unseren Sprüchen arbeiten, ist er der einzige, der sich ganz darauf konzentrieren kann, die Kraft in sich aufzunehmen.«

Klumpfuß verstand. »Du und dein dummer Eid.«

»Er wird ziemlich viel Mühe haben, uns zu folgen«, meinte der Magier beruhigend.

DER BERG

Sie bestiegen den Walhalla zu Fuß: drei Zauberer, zwei Träger aus Prissthil, Orolandes, der ebenfalls eine Traglast auf den Schultern trug und Zitterberg, wie immer auf des Magiers Schulter. Zitterbergs Augen waren durch Rubine ersetzt worden, was ihm für einen Schädel ein recht stattliches und einem Zauberer angemessenes Aussehen verlieh.

Orolandes hatte die Träger gemietet, er hatte ihre Ausrüstung ausgewählt, aber Orolandes hatte nicht die leiseste Idee, warum er auf diesen Berg steigen sollte. Er hatte Zitterberg gefragt: »Lebt der letzte Gott denn auf dem Gipfel?«

»Mach alles für den Aufstieg bereit«, hatte Zitterberg ihm nur geantwortet, »und denke nicht zuviel. Piranther kann in deinem Bewußtstein lesen. Er fängt all deine Gedanken auf, bis wir dich gegen ihn immunisieren können.« Die Träger waren kleine, bewegliche, muntere Männer. Sie hatten mehr Erfolg als Orolandes in der Unterrichtung der drei Zauberer über die grundlegenden Techniken des Bergsteigens. Sie zeigten weder Ehrfurcht vor den Fähigkeiten der Zauberer, noch Ärger über deren Ungeschicklichkeit. Für die Bewohner von Prissthil war ein Zauberer ein ebenbürtiger Handwerker, der mit Respekt behandelt wurde.

Klumpfuß war ein vorsichtiger Kletterer, und wurde nur geringfügig durch seine Mißbildung behindert. Aber sie waren alle nicht mehr die Jüngsten, auch Mirandee nicht, mit ihrer bleichen, glatten Haut und dem weißen Haar. In der ersten Nacht hatten sie überall Schmerzen. Sie konnten nichts essen. Sie jammerten im Schlaf. Am Morgen waren sie zu steif und müde, um sich zu erheben, bis Hunger und der Geruch des Frühstücks sie aus den Decken lockten.

Es war gut für Orolandes' Selbstbewußstein, diese mächtigen Wesen so außer Atem geraten zu sehen. Er verlor so viel von seiner Angst vor ihnen. Aber er fragte sich schließlich, ob sie überhaupt die Ausdauer hatten, um bis zum Gipfel durchzuhalten.

Während der Aufstieg steiler wurde, wurden die Packen leichter. Nahrung wurde verbraucht. Schwere Umhänge wurden aus den Packen genommen und umgelegt. Aber die Luft wurde dünn, und Orolandes und die Träger keuchten während des Kletterns.

Nicht so die Zauberer. Mit zunehmender Höhe schien ihre Kraft zu wachsen. Hier, oberhalb der Baumgrenze, gab es sogar Momente, in denen das reiche, helle Haar Mirandees sich schwarz färbte.

Gewöhnlich geschah es, wenn sie an den alten, zerfallenen Bauwerken vorüberkamen.

Das erste dieser Art, hatten sie am dritten Tag passiert. Es gab keinen Zweifel darüber, was es darstellte. Es war ein Altar, ein großer, zernarbter Felsblock, reich mit altem Blut bedeckt. »Das ist der Grund, warum die Götter hier solange überlebten«, erklärte der Magier Orolandes. »Opfer als Gegengabe für Wunder. Aber als die Macht der Götter in dem Land am Fuß des Berges allmählich nachließ, trafen die Wunder nicht immer ein. Als Folge davon blieben die Opfer aus.«

Die Bauwerke in größerer Höhe waren eigenartiger und stammten nicht mehr von Menschenhand. Sie kamen an einem Haufen glitzernder Kugeln vorbei, die in den Schnee gefallen waren. Sie leuchteten in einem inneren Licht: vier große Kugeln in Orange und Weiß, eine von einem breiten Ring umgeben; drei wesentlich kleinere in schillernden Regenbogenfarben und zwei weitere, die kleinsten, waren weiß. Et-

was weiter entfernt, erhob sich ein rundes Gebäude, das wie ein abgehobenes Dach aussah.

Obwohl Orolandes immer noch der beste Kletterer war, war dies offensichtlich das Gebiet von Zauberern.

In der dritten Nacht fanden sie kein Feuerholz. Es war auch nicht nötig. Die Zauberer versammelten sich zu einem eigenartigen Gesang um einen Felsblock und der Stein begann zu brennen. Außerdem lockten sie ein Einhorn heran, das von den Trägern geschlachtet, zerlegt und gebraten wurde. Orolandes konnte die Gelassenheit der Träger nur bewundern. Sie brieten Fleisch über einem brennenden Felsen, als hätten sie ihr ganzes Leben nichts anderes getan.

Nach dem Essen, als sie um das Feuer saßen, fragte Klumpfuß Mirandee: »Du weißt, daß ich dich schon lange Zeit bewundere. Willst du während der Reise meine Frau sein?«

Orolandes war erschüttert. Niemals hätte er einer Frau diese Frage in aller Öffentlichkeit gestellt, aber Klumpfuß erwartete keine Ablehnung, das zeigte sich deutlich in seinem Gesicht, als Mirandee lächelnd den Kopf schüttelte. »Diese Dinge habe ich schon lange aufgegeben«, sagte sie. »Verliebt zu sein, beeinträchtigt mein Urteilsvermögen. Es lenkt mich von wichtigen Dingen ab, und ich verpatze Zaubersprüche. Trotzdem danke ich dir.«

Am Morgen des vierten Tages erreichten sie eine Treppe, die an einem schmalen Felsband am Fuß einer fast senkrechten Klippe ihren Anfang nahm. Mit der Hilfe von Leitseilen gelangten sie über einen vereisten Abhang zu den ersten Stufen: breite Marmorplatten, die sich nach einer Weile verengten und bis in die Wolken reichten.

In willkürlicher Reihenfolge erhoben sich Statuen auf den Stufen, menschlich, halbmenschlich, absolut nicht menschlich. Orolandes versuchte ohne viel Erfolg, ein auseinandergeflossenes Gebilde mit Tentakeln und einem einzelnen Auge schnell wieder zu vergessen. Aber es gab auch eine Hartholzstatue eines hübschen, lächelnden Mannes, die er irgendwie beunruhigend fand, und das ohne Grund. Zauberei. Hier, wo Menschen nicht leben konnten, weil es keine Nahrung gab, war noch *Mana* vorhanden.

Schnee und Eis bedeckten die Felsen auf beiden Seiten, aber auf dem Marmor gab es kein Eis. Die Treppe führte an eigenartigen Dingen vorbei. An einer Stelle war es ein zerbrochenes Gebilde, das wie eine aufwärts strebende Träne ausgesehen haben mußte, bevor es vom Sockel stürzte. An einer anderen Stelle war es ein einsamer Bau, der ein Dutzend Sorten reifer Früchte trug, aber er welkte, als die Zauberer daran vorbeigingen, bis nur noch ein trockener Stock übrigblieb.

Und dort schien ein ganzes Stück aus dem Berg herausgebissen worden zu sein, um eine weite, ebene Fläche zu erschaffen. Es war eine Arena, wo sich zwei aus Metall und Leder zusammengesetzte Rüstungen gegenüberstanden, die Waffen zum Angriff erhoben. Als die kleine Gruppe den Ort passierte, sanken die Rüstungen in sich zusammen.

Der Magier blieb stehen. »Orolandes, steig da hinunter und nimm dir eines der Schwerter.«

»Ich habe Schwerter aufgegeben«, sagte Orolandes.

»Vielleicht wirst du es nicht gebrauchen, aber haben solltest du es. Zauberei kann nicht alles bewirken. Keiner von uns hat jemals ein Schwert geführt ... außer Zitterberg.

Der Schädel auf seiner Schulter lachte. »Und verdammt viel hat es mir genützt, damals wie heute. Hol das Schwert, Grieche.«

Orolandes legte seinen Packen ab und kletterte den vereisten Abhang hinunter. Bei seinem Näherkommen bewegten sich die am Boden liegenden Rüstungen und sackten dann endgültig zusammen. Er gab der graden Klinge den Vorzug über den Krummsäbel, weil sie in seine Schwert-Scheide paßte. Sie lag

ihm leicht in der Hand, aber sie vermittelte auch unangenehme Erinnerungen.

Er wandte sich zum Gehen, als er sah, was eine Felsschulter zuvor verborgen hatte.

Aus dem Fels waren Thronsitze herausgearbeitet, Plätze für die Zuschauer der Kämpfe. Auf jedem Thron tanzte unruhig ein Nebelschleier.

Orolandes hielt das Schwert vor sich, als er sich zurückzog. Nichts folgte ihm.

*

Jetzt wurden die Marmorstufen über ihnen von Wolken verdeckt, dem Wolkenring, der den Berggipfel ständig umgab.

Der Magier sandte die Träger zurück, nachdem er sie mit Gold ausgezahlt hatte. Orolandes packte die Reste aus den drei Packen in ein Bündel, und sie stiegen in die Wolke hinein.

Die Kälte wurde feucht. Eiskristalle wirbelten um sie herum. Die Zauberer weiter unten waren kaum zu erkennen. Orolandes hielt sich mit einer Hand an der Felswand, auf der anderen Seite war nur der Abgrund.

Der Schneenebel wurde dünner. Sie stiegen aus der Wolkendecke heraus.

Sie traten ins Freie, und der Anblick war überwältigend. Die Wolkenbank erstreckte sich wie eine reine, weiße Landschaft unter der grellen Sonne an einem tiefblauen Himmel. Der Magier rieb sich befriedigend die Hände. »Wir sind da. Orolandes, gib mir den Packen.«

Die anderen sahen zu, während er seine Werkzeuge auswählte. Wenn der Magier ihnen gesagt hatte, was er plante, hatte Orolandes es nicht gehört. Er stellte auch keine Vermutungen an. Er wartete, bis ihm jemand sagte, was von ihm erwartet wurde.

Diese Haltung fiel ihm nicht schwer. Er war aus dem Mannschaftsrang der griechischen Armee zum Offizier aufgestiegen – er konnte Befehle befolgen. Er hatte auch Befehle gegeben, bevor Atlantis versank. Seitdem war Orolandes nicht mehr daran interessiert, über sein eigenes Schicksal zu bestimmen.

»Gut«, murmelte der Magier. Aus einem Glas mit einem Wachsstopfen schüttete er Staub in seine Hand und verteilte ihn wie Samenkörner über die Wolken. Dazu sang er Worte, die Orolandes nicht verstand.

Mirandee und Klumpfuß schlossen sich an – klarer Sopran und tiefster Baß. Der Chorgesang verklang harmonisch, und der Magier verteilte eine zweite Handvoll Staub.

»In Ordnung. Laßt mich besser zuerst gehen«, sagte er. Er trat von den Stufen in federndes Nichts.

Er hüpfte ein wenig. Die Wolke trug ihn. Klumpfuß folgte mit possierlichen, hüpfenden Schritten, bei denen er schenkeltief in den Nebel sank. Nach ihm kam Mirandee. Sie drehten sich um, und betrachteten Orolandes. Klumpfuß begann zu husten. Er setzte sich in den aufwirbelnden weißen Dunst und brüllte vor Lachen. Mirandee suchte sich zu beherrschen, bis auch sie in ein helles Kichern ausbrach. Dazu kam das leicht irre Kichern Zitterbergs.

Das Lachen schien zu verstummen und die Welt wurde matt und verschwommen. Orolandes spürte, wie ihm die Knie schwach wurden. Sein Unterkiefer bebte bedrohlich. Er war durch diese Wolke hindurchgestiegen. Sie war kalt und naß und ohne jede

Festigkeit. Sie konnte keine Feder halten, geschweige denn einen Mann.

Das helle Gelächter der Hexe verbrannte ihn wie Säure. Dafür, daß der Magier nicht lachte, sondern ihm ärgerlich winkte, war er fast dankbar. Mit den tausendfach geübten Schritten eines Soldaten trat Orolandes in das Nichts hinaus.

Sein Fuß sank tief in etwas, das sich wie ein Federbett anfühlte und prallte zurück. Beim zweiten Schritt verlor er das Gleichgewicht und der Rückstoß schleuderte ihn ein gutes Stück vorwärts. Er strampelte wild, sank tiefer und schlitterte hüpfend über die weiße Masse.

Mirandee beobachtete ihn und hielt sich mit beiden Händen den lachenden Mund zu. Klumpfuß kicherte nur noch.

Langsam stand Orolandes auf, durch und durch feucht. Er watete mehr als er ging, auf die Zauberer zu.

»Gut genug«, meinte der Magier. »Wir haben nicht allzuviel Zeit. Übe ein wenig – das haben wir alle nötig – und dann geh zurück und hole den Packen.«

WOLKEN
LANDSCHAFTEN

Die Wolken bewegten sich unter ihnen. Sie bildeten keine Ebene. Es gab Hügel aus üppigem Weiß, die sie umgehen mußten. Es war wie ein Spaziergang durch ein Warenhaus voller nasser Gänsefedern. Die Wolkenmasse gab unter jedem Schritt nach und klebte zäh an den Füßen.

Orolandes fand eine Methode, wie er mit dem toplastigen Packen vorwärtskommen konnte, aber es war ziemlich anstrengend. Erschöpft wie er war, wurde er sorglos und wäre beinahe in ein Wolkenloch gestolpert. Genau vor seiner Nase befand sich eine federige Schlucht, durch die er auf eine winzige Farm hinunterblicken konnte. Eine kleine Staubfahne lenkte seine Aufmerksamkeit auf einen kaum sichtbaren Reiter.

Er ging links an dem Loch vorbei, während sein Herz unregelmäßig in seinen Ohren dröhnte.

Klumpfuß blickte zurück. Der Walhalla erhob sich ungefähr eine Meile über die Wolken und glitzerte schneeweiß im Sonnenlicht. »Weit genug, glaube ich. Jetzt ist das Wichtigste, voranzukommen«, sagte er, »denn wenn der Zauber nachläßt, sehen wir ziemlich alt aus. Glücklicherweise brauchen wir nicht auf unseren eigenen Füßen weiterzumarschieren.«

Er half Orolandes, den Packen abzulegen und wühlte darin herum. Nach einer Weile nahm er zwei glattgeschliffene Kiesel heraus, eine Handvoll sauberen Schnee und einen kleinen Beutel mit grauem Puder. »Nun, Kranthkorpool, würdest du so liebenswürdig sein, uns mitzuteilen, in welche Richtung wir müssen?«

»Kein Grund, mich zu drängen«, meinte Zitterberg. »Wir müssen nach Nordosten. Zum nördlichsten Punkt der Alpen.«

»Und wir haben Vorräte für vier Tage. Wir müssen uns wohl beeilen.« Klumpfuß begann zu zaubern.

Der Magier beteiligte sich nicht daran. Er wußte, daß Klumpfuß ein Meister des Wetterzaubers war. Stattdessen beobachtete er Mirandees Haar.

Ja, sie hatte ihre Jugend gut erhalten. Sie hatte die klare Haut und faltenlose Stirn einer dreißigjährigen Edelfrau. Ihr reiches Haar war jetzt rabenschwarz, mit einem schneeweißen Streifen von der Stirn bis zu den äußersten Spitzen. Während sie Klumpfuß bei seinem Gesang unterstützte, wurde der Streifen abwechselnd schmaler und breiter.

Leise sagte der Magier zu Orolandes: »Wenn du siehst, daß ihr Haar ganz weiß wird, renn, was das Zeug hält. Mit diesem Packen bist du zu schwer. Bring dich in Sicherheit, und ich kümmere mich um die anderen.« Der Grieche nickte.

Die Wolken um sie herum bewegten sich. Der Wind nahm etwas zu, aber nicht genug, um die Geschwindigkeit zu erklären, mit der der Berg hinter ihnen zurückblieb. Die Wolken zu beiden Seiten wallten auf. Durch einen plötzlich auftauchenden Riß konnten sie das Ackerland unter sich vorüberziehen sehen.

»Da unten werden sie es einen Wirbelwind nennen. Wie sie uns nennen werden, ist der Erwähnung nicht wert«, sagte Klumpfuß kichernd. Er ging zu der Stelle, wo Orolandes stand und machte es sich in einem Wolkenkissen bequem. Leise sagte er: »Mein Gewissen hat mich geplagt. Darf ich dir etwas sagen?«

Orolandes meinte: »Na gut.« Er hatte gesehen, daß die anderen sich außer Hörweite befanden.

»Ich bin ein Mann der Ebene«, erzählte Klumpfuß.

»Mein Meister war ein dünner alter Mann, ähnlich wie der Magier, aber natürlich dunkler. Er unterrichtete ein halbes Dutzend Kinder gleichzeitig, und er war der Medizinmann des Stammes. Eines Tages, als ich ungefähr zwölf war, nahm Weißer Adler uns zu einem Spaziergang auf den einzigen Berg unserer Gegend mit.

Er wußte einen leichten Aufstieg. Um den Gipfel hatten sich Wolken gesammelt. Weißer Adler tanzte und sang ein bißchen und dann befahl er uns, auf die Wolken hinauszugehen. Ich war der Erste. Es schien ein riesiger Spaß zu sein.«

»Spaß«, sagte Orolandes ausdruckslos.

»Natürlich, ja. Ich war noch nie auf einer Wolke gewesen. Woher sollte ein Kind aus der Ebene wissen, daß Wolken keine festen Gegenstände sind?«

»Du meinst, du hast nie daran gedacht ...« Orolandes mußte lachen.

Klumpfuß lachte mit. »Ich hatte Wolken gesehen, aber hoch am Himmel. Sie sahen solide genug aus. Ich wußte nicht, warum Weißer Adler all das Geheul und die Tanzerei veranstaltete.«

»Und das nächstemal als du einen Spaziergang auf einer Wolke machen wolltest ...«

»Oh, nein. Weißer Adler hat es uns erklärt. Aber es muß eine prima Möglichkeit gewesen sein, begriffstutzige Schüler loszuwerden.«

*

Mirandee sagte: »Glaubst du wirklich, daß Piranther uns nicht folgen kann?«

»Zu Lande kann er nicht so schnell vorankommen«, erwiderte der Magier. »Wenn er sich auf den Wolken befindet, werden wir es wissen. Genau wie unser Wetterzauber für ihn ziemlich offensichtlich sein muß. Kannst du irgendwelche festen Stellen in diesem Wolkenpolster erkennen?«

»Nein ... aber es gab andere Wege um zu fliegen.«

Der Warlock schnaubte. »Gab es, ja.«

Mirandee schien wirklich besorgt zu sein. »Ich frage mich, ob du Piranther nicht unterschätzt. Magier, vor nicht allzulanger Zeit hatte ich Gelegenheit Australien zu besuchen.«

»Um für mich eine Lanze zu brechen?«

»Wenn du es so sehen willst. Ich dachte, er wäre bereit, hitzige Worte zu vergessen, die lange abgekühlt sind. Er war es aber nicht.« Sie gestikulierte nervös. »Egal. Ich sah *Macht*. Dort gibt es Rochküken, ungefähr drei Meter hoch, die als Küken brüten und nicht größer werden. Piranthers Volk züchtete sie der Eier wegen, und sie lassen ihre Kinder auf ihnen reiten. Ich sah Zauberlehrlinge, die aus Spaß Zweikämpfe austrugen, während die Adepten danebenstanden und Schutzzauber webten. Es war wie eine Reise über zweihundert Jahre in die Vergangenheit. Ich sah, wie sich aus massivem Fels eine Burg formierte ...«

»Und diese Burgen stürzen jetzt allesamt ein, das wenigstens hat Piranther gesagt. Es kann nicht mehr allzuviel *Mana* vorhanden sein, wenn die Rochs kleinwüchsig werden. Und Piranther kann nicht so mächtig sein, wie wir alle zusammen.«

»Er ist ihr Anführer. Der Mächtigste von allen.«

Der Magier lehnte sich gegen einen weichen Wolkenhügel. »Hier ist jedenfalls das Paradies für einen faulen Mann. Orolandes!« rief er.

Orolandes und Klumpfuß kamen heran, sie kicherten über irgendetwas. Der Schwertkämpfer gestattete, daß der Magier ihm beide Hände an den Kopf legte und einen alten Spruch murmelte.

»Das sollte genügen, um die Verbindung zwischen dir und Piranther zu unterbrechen. Also, Zitterberg, erzähle uns von dem letzten Gott.«

»Roze-Kattee war zugleich männlich und weiblich«, berichtete Zitterberg, »und seine Attribute waren Liebe und Wahnsinn. Er war der Gott der Eisriesen, im Norden von hier, dort, wohin wir reisen. Seit einem halben Jahrtausend hat man nichts mehr von ihm gehört, nicht, seit die Nordiks die Eisriesen besiegten. Aber man sagt, daß er nur schläft und nicht tot ist.«

»Wer sagte das?« fragte Mirandee. »Die Eisriesen sind nur noch eine Legende.«

»Oh, die Nordiks haben immer noch einige Sklaven von ihrer Art. Aber die Eisriesen sprachen niemals über Roze-Kattee. Die einzige Informationsquelle über ihn ist das alte Epos der Nordiks, das ›Lied der Eroberungen‹, und das ist wahrscheinlich verstümmelt und zurechtgestutzt worden.«

Mirandee schüttelte den Kopf. »Ich habe viele Sagen über schlafende Götter gehört.«

»Aber diese ist anders. Mirandee, als ich noch ein Schüler war, interessierte mein Meister Harper sich für die ›Eroberungen‹. Er konnte nicht verstehen, wie die Götter der Nordiks die Götter der Eisriesen auf ihrem eigenen Grund und Boden besiegen konnten. Tatsächlich gewannen sie auch jede Schlacht – bis auf die letzte.«

»Aber wir wissen das«, mischte der Magier sich ein. »Die Götter der Nordiks wurden vernichtet, als das Volk aus dem Fruchtbaren Halbmond vertrieben wurde. Sie hatten keine Götter. Also kämpften sie mit Schwertern und die Eisriesen verteidigten sich mit Magie und nach drei Generationen hatten sie das *Mana* aufgebraucht.«

»Richtig, und die Nordiks griffen an, bevor die Eisriesen lernten, mit dem Schwert umzugehen. Aber Harper erfuhr nie den Grund für die Erschöpfung des *Mana*. Das blieb dir und deiner verdammten Kupferscheibe vorbehalten. Harper und ich verwendeten einige Zeit darauf, zu erfahren, warum Roze-Kattee sein und ihr Volk nicht schützen konnte.«

»Und?«

»Es ist eine ungewöhnliche Geschichte«, sagte Zitterberg. »Den ›Eroberungen‹ zufolge, beschlossen die

Eisriesen, den Schutz ihres Gottes zu übernehmen, statt umgekehrt. Als die Nordiks ihre Armee besiegten, brachten drei Heldenpriester der Eisriesen Roze-Kattee in Sicherheit. Der Gott hatte all seine Macht verloren, er konnte sich kaum mehr bewegen.«

Klumpfuß meinte: »Das ist nicht die Art Geschichten, die man sich über seine Feinde erzählt. Aber sieh mal, warum haben die Nordiks nicht nachgeforscht, wo der Gott war, und ihn unschädlich gemacht?«

»Oh, wahrscheinlich folterten sie einige Eisriesen um das herauszufinden. Vielleicht erwischten sie die Falschen. Vielleicht wanderten die Heldenpriester nach ihrer Tat aus oder schnitten sich selbst die Kehle durch. Vielleicht haben die Nordiks sich auch keine allzu große Mühe gegeben. Warum auch? Roze-Kattee war nicht in der Lage gewesen, den Eisriesen zu helfen. Er ließ sich irgendwo friedlich zum Schlafen nieder. Der arme, von der Zeit geschwächte Kerl, hatte wahrscheinlich gar keine Kraft, irgendeinen Nordik zu töten, auch wenn der über ihn stolperte.«

Die untergehende Sonne war immer noch hell hinter einem Wolkenberg, der sich unter der heraufziehenden Nacht verdichtete. Mount Walhalla war ein glitzernder Punkt weit im Südosten. Die Wolken in Orolandes Rücken waren weich. Trotz seines Unbehagens wurde er schläfrig. Es war alles so unwirklich. Konnte man in einem Traum sterben?

»Der Zauber verging, und die Götter starben«, sagte der Magier. »Was bringt dich zu der Überzeugung, daß Roze-Kattee diesem Schicksal entging? Und was würde ein Eisriese für ein sicheres Versteck halten?«

»Das Lied erwähnte einen ›Gott in einem Gott‹.«

»Du hast schon gesagt, daß Roze-Kattee zweigeschlechtlich war.«

»Harper und ich fanden eine andere Auslegung. Man muß den Begriff etwas großzügiger sehen, aber – wenn ich recht habe, könnte Roze-Kattee noch am Leben sein. Und die Nordiks hatten gute Gründe, nicht nach ihm zu suchen.«

»Und die haben wir nicht?«

»Die Zeiten haben sich geändert. Wir wissen mehr als diese Barbaren. Wir haben mehr zu gewinnen. Und weniger zu verlieren«, erwiderte Zitterberg.

Eine höherliegende Wolkenschicht verdeckte die Sterne. Am Tag war es angenehm warm gewesen, aber die Nacht brachte schneidende Kälte, Orolandes lag in der Dunkelheit und hatte Angst sich zu bewegen. Er hoffte, daß sich nicht gerade da, wo er lag, ein Riß auftat. Als die Stille unerträglich wurde, sagte er: »Ich wünschte, ich könnte dein Haar sehen.«

Mirandee lag in der Nähe. Sie antwortete: »Wie, Schwertkämpfer, war das ein Kompliment?« Es klang, als sei es ihr ziemlich gleichgültig.

»Wenn dein Haar weiß wird, ist es ein Zeichen, daß wir abstürzen.«

Nach einiger Zeit sagte sie: »Zauberer und Männer, die nur an ihre Waffen glauben, vertragen sich wie Fuchs und Hase. Was willst du bei uns?«

»Frag Zitterberg.«

»Aber du wurdest nicht gezwungen, mitzukommen.«

»Ich habe etwas Schreckliches getan. Ich möchte nicht darüber sprechen.«

Sie lachte – unsichtbare Silbertropfen. »Sag es mir, oder ich werde deine Gedanken lesen. Zitterberg sagte, daß du keinen Schutz dagegen hast.«

Aus dem Bedürfnis heraus seine Schuld zu gestehen, in dem Bewußtsein, daß Worte ihm in der Kehle steckenbleiben würden, daß er stummbleiben würde, wie er in dem Fischerdorf stumm gewesen war, aus dem Verlangen heraus, sich zu bestrafen, sagte Orolandes: »Nur zu. Piranther hatte auch keine Bedenken.«

Eine lange, dunkle Stille folgte. Dann sagte die Hexe: »Oh, Orolandes!« und ihre Stimme war tränenerstickt.

»Tut mir leid.«

»Ich weiß. Ich kann es sehen. Du warst so von dem Bedürfnis ausgefüllt, deine Männlichkeit zu beweisen. Du stürmtest in den Tod mit diesem verdammten Schwert in der Hand. Kriechend hast du dich den Priestern genähert, um sie zu töten, weil sie deine Freunde töteten.«

»Ja.«

»Ich hätte es nicht tun sollen. So ist es fast immer, wenn ich jemandes Gedanken lese. Ich stelle fest, daß ich es nicht hätte tun sollen.«

»Ich kann die Toten nicht mehr auferwecken, aber vielleicht kann ich helfen, den Zauber in die Welt zurückzubringen. Was hat Zitterberg mit mir vor? Weißt du es?«

»Nein. Sein Bewußtsein ist fest verschlossen. Aber ich vertraue dem Magier. Er hat Zitterberg unter Kontrolle. Schlaf jetzt, Schwertkämpfer.«

Wenig Hoffnung darauf, dachte Orolandes. Er blickte in die Richtung, aus der ihre Stimme gekommen war. War da ein heller Fleck in der allumfassenden Dunkelheit? Langes Haar, das sich weiß färbte?

»Das *Mana* ist stark in den Wolken. Wir werden nicht fallen. Schlaf«, sagte sie.

*

Etwas berührte seinen Schwertarm, und er wachte auf, drehte sich auf die linke Seite und kam mit dem Schwert in der Hand auf die Füße. Es war stockdunkel. Er hatte keinen festen Stand. Eine Frauenstimme rief: »Tut es nicht!«

Und er erinnerte sich.

»Mirandee? Hast du mich geweckt?«

»Du hattest Alpträume.«

»Tut mir leid. Habe ich geschrieen oder sowas?«

»Nein. Nur die Alpträume. Ich wünschte, ich wäre nicht in dein Bewußtsein eingedrungen. Ich habe noch nie jemanden getroffen, der so unglücklich war.«

»Kannst du mir daraus einen Vorwurf machen?«

»Ja. Du hast wenigstens ein Dutzend Männer mit dem Schwert getötet. Warum regst du dich wegen Atlantis so auf? Du hast mehr Menschen getötet, aber im Grunde bleibt es sich gleich oder nicht?«

»Wenn ich einen Mann mit dem Schwert töte, dann weil er ein Soldat ist. Er versucht, mich zu töten.«

»Wenn du nicht auf seinem Gebiet wärest ...«

» ... wäre er auf meinem. Hätte Griechenland nicht eine schlagkräftige Armee, wäre es Beute für den ersten Wolf, der mit einem Heer vorbeikäme. Zauberei half den Eisriesen nicht und das war vor langer Zeit. In diesen Tagen kann Zauberei nicht einmal eine Armee aufhalten. Also braucht jeder Armeen.«

»Zauberkriege sind nicht viel besser. Bring den Magier dazu, daß er dir von seinem Kampf mit Zitterberg erzählt. Oder frag Zitterberg.«

»Schon gut.« Orolandes glitt zurück in den Schlaf. Aber der Alptraum wartete auf ihn ...

Die Berührung ihrer Hand an seinem Arm schreckte ihn auf.

»Du bist immer noch unglücklich.«

»Ich kann nichts dagegen tun.«

»Aber ich.« Ihre Hand glitt streichelnd in seinen Ärmel.

Er lachte. »Schläft der Fuchs bei dem Hasen?«

»Wir sind zwei menschliche Wesen. Wie lange ist

es her, daß du mit einer Frau zusammen warst?«

»Lange. Ich ...« Er hatte keine gewollt. Er hätte doch nur denken müssen: sie macht Liebe mit einem Mann, ohne zu wissen, daß das Blut von Tausenden an seinen Händen klebt. Als die Frauen aus dem Fischerdorf kamen, hatte er sie ohne zu sprechen abgewiesen, als könnte schon seine Stimme ihnen verraten, was er war.

Diese Mirandee: er hatte sie nie als eine Frau gesehen. Eine Gestalt der Macht war sie gewesen, ein gefährliches Wesen, das seine Anwesenheit duldete, weil er ihren Zielen dienlich war. Ihr Spott hatte wehgetan ...

»Sicher, aber du hattest solche Angst! Du hättest dich selbst sehen sollen. Ich selbst hatte auch Angst«, gab sie zu. »Ich war noch nie auf einer Wolke.«

Ihre Hand auf seinem Arm fühlte sich gut an. Es war so kalt und einsam hier. Seine Finger fanden ihr Gesicht. Sanft zog er die Linie ihrer Brauen, ihrer Lippen nach, streichelte ihre Stirn und kraulte sie hinter den Ohren, wie er es mit einer griechischen Frau getan hätte. Sie lagen dich beieinander, aber er fühlte nur die doppelte Schicht Felle und die Kälte der Nacht auf dem Gesicht und dann ihre Wange auf seiner Haut, nur wenig wärmer.

Das war besser als die quälenden Träume. Und sie wußte alles, er hatte nichts vor ihr verborgen. Sie wußte Bescheid und war trotzdem willens, ihn zu berühren. Er war dankbar.

Er war fast eingeschlafen, als die Lust in ihm aufstieg, fordernd. Sie spürte es. Sie öffneten gegenseitig ihre Kleider, zogen sie aber nicht aus, um sich gegen die Kälte zu schützen. Selbst jetzt wurde sein drängendes Verlangen von dieser ungewohnten

Dankbarkeit gedämpft. Er wollte, daß sie sich gut fühlte.

Und er hatte Erfolg. Auf ihrem Höhepunkt war sie Wildkatze und Schlange: ihre Arme und Beine umschlangen ihn und drängten ihn in sie hinein.

Sie lagen aneinandergepreßt, so daß ihre Mäntel sich überdeckten. Orolandes war glücklich und stolz.

Ein Gedanke flog durch sein Bewußtsein, und sie lachte leise in sein Ohr. »Nein, ich habe dir nichts vorgespielt, um dir dein Selbstvertrauen zurückzugeben. Und nein, du bist kein Liebhaber geworden, der für den Harem einer Königin paßt. Dein Bewußtsein ist mit meinem verbunden. Ich fühle, was du fühlst. Es ist aufregend.«

Beschämt, aber nicht allzusehr, sagte er: »Wieviel Freude hättest du mit einem anderen Gedankenleser gehabt.«

Sie lachte lauter. »Wenn ich sterben wollte, ja, das wäre ein angenehmer Weg, diese Welt zu verlassen.«

»Oh.«

»Du hast deine Stimme wiedergefunden. Als wir uns liebten, hast du gar nicht gesprochen.«

Seine Gedanken flogen zurück zu dem Fischerdorf.

»Denk nicht daran«, sagte sie rasch. »Sollen wir so schlafen?«

Er drückte sich gegen sie und schlief traumlos.

*

Der Magier erwachte blinzelnd in der plötzlichen Morgendämmerung. Er hatte Hunger. Sein Gesicht war eisig kalt, wo es zwischen den Gewändern hervorlugte. Sonst fühlte er sich warm und behaglich in seinem Umhang und der Wolkenmasse.

Klumpfuß lag in einiger Entfernung auf dem Rükken und sah aufreizend zufrieden aus. Zitterbergs Schädel stand noch auf dem kleinen Wolkenhügel, auf dem der Magier ihn am Abend abgestellt hatte.

Der Magier rief zu ihm hinaus: »War irgendwas?«

»Nichts. Der *Mana*-Pegel blieb hoch. Er ist immer noch stabil, alle Sinne, die ich noch habe, sind messerscharf. Gegen Mitternacht glaubte ich etwas zu hören, was nicht so klang wie der Wind. Ich konnte aber nicht herausfinden, was es war. Flügel vielleicht, große Flügel.«

»Groß genug, um Piranther zu tragen?«

»Ich weiß nicht. Das ist der Ärger: man glaubt, daß irgendein Tier nur noch in Legenden vorkommt, dann trifft man auf einen Ort mit starkem Zauber und es fällt über dich her. Hier, am Himmel, mag es alle möglichen Arten von Überlebenden geben. Magier? Hast du daran gedacht, von hier aus den Mond zu untersuchen?«

»Kein Arbeitsmaterial! Und keine Nahrungsquellen.« Der Magier grinste. »Das mag dich nicht stören, aber du kannst nicht alleine arbeiten.«

»Richtig. Jemand muß die Gesten machen.«

Während der Nacht hatte sich ein Teil der Wolkenmasse aufgelöst. Der Teil, auf dem sie sich befanden, wölbte sich in der Mitte. Das mußte Zitterberg seit einigen Stunden die Aussicht versperrt haben.

Zitterberg fragte: »Bist du sicher, daß wir Piranther abgehängt haben?«

»Ich … nein.«

»Schon gut. Ich auch nicht.«

»Ich kann mir nicht denken, wie er uns folgen könnte. Aber das ist keine Garantie. Piranther und seine Leute hatten fünfzig Jahre Zeit den Südkontinent zu erforschen. Was hätten sie an Glücksbringern finden können?«

»Eine zweite Himmelsfaust?«

»Oder mehr als eine. Vielleicht verfolgt er uns auf einem Drachen.« Der Himmel war tiefblau und nahezu wolkenlos, aber der Magier sagte: »Hinter dieser Wolke dort lauert er vielleicht. Ich war zu sorglos.«

»Hattest du eine andere Wahl? Entspanne dich. Wir haben eine sehr bequeme Reisegelegenheit. Nebenbei, es hat noch eine Entwicklung stattgefunden. Schleich um diesen Hügel herum, und du kannst es sehen.«

Schleichen? Der tollpatschigste Riese hätte hier keine Geräusche verursacht. Der Magier watete zu der angegebenen Stelle und sah Orolandes bei Mirandee liegen.

Vielleicht log er, gegenüber Zitterberg oder gegenüber sich selbst: »Gut. Ich fürchtete schon, sie würden sich nicht vertragen.«

*

Die Luftmassen jagten stetig nach Nordosten und die Mitte der Wolke türmte sich immer höher auf. Am Nachmittag befand sie sich hoch auf dem Abhang eines aufgeplusterten Berges, eines Gewitterkopfes.

Klumpfuß bestieg den Gipfel. »An der Vorderseite ist es steiler«, berichtete er, als er zurückkehrte. »Der Untergrund gefällt mir nicht besonders, aber die Aussicht ist herrlich. Zitterberg, wir werden dich dort als Ausguck aufstellen.«

»Als Ausguck und als Gallionsfigur. Warum nicht?«

Schließlich blieben sie alle oben, Klumpfuß, der

Magier und Zitterberg. Orolandes und Mirandee gesellten sich nicht zu ihnen.

Es war tatsächlich eine herrliche Aussicht. Von unten drang beständig das Knistern der Blitze herauf. In weiter Ferne flogen Vogelschwärme nach Süden. Einmal stürzte ein Adler kreischend auf sie herab, um sich für das Eindringen in sein Gebiet zu rächen. Es war ziemlich besorgniserregend, denn sie hatten nichts, um es nach dem Vogel zu werfen. Glücklicherweise bemerkte das Tier ihre Größe und überlegte sich die Sache.

Zitterberg sagte: »Vielleicht sind wir die letzten Menschen, die so etwas beobachten können.«

Sie glitten über einen endlosen Wald. Zu ihrer Rechten streifte die Wolkendecke die Baumgipfel, auf der linken Seite brach ein Nashorn durch das Unterholz, blieb stehen und blickte aus intelligenten Augen zu ihnen hinauf. Von dieser Stelle aus sank die Wolkendecke steil nach unten, blendend weiß, mit schattigen Tälern und Schluchten in der bauschigen Oberfläche.

»Wir könnten uns keinen besseren Aussichtspunkt wünschen«, sagte der Magier. »Und keinen bequemeren Sitzplatz. Was ist mit dir, Klumpfuß? Du machst ein Gesicht, als sei dein letzter Freund gerade verstorben.«

»Orolandes ist ein netter junger Mann«, stellte Klumpfuß fest. »Er ist tapfer und treu und, anders als die übrigen Waffenanbeter, hat er ein Gewissen. Wenn man das alles in Betracht zieht, kannst du mir dann sagen, was zum Teufel Mirandee an diesem blutvergießenden Sterblichen findet?«

»Frag sie doch.«

»Lieber nicht.«

»Würde es dir helfen, wenn ich dir sagte, warum Mirandee dein Angebot ablehnte? Ich glaube, sie wollte höflich sein. Wir haben auch einmal das Bett geteilt. Sie wollte mich nicht daran erinnern, was ich alles verloren habe.«

»Ja, gut. Das war nett von ihr. Aber warum ...«

»Das kann dir keiner sagen.« Der Magier betrachtete ihn. »Ich dachte, du wärst zu alt für solch tiefgehende Eifersuchtsgefühle.«

»Das dachte ich auch«, antwortete Klumpfuß.

Bei Sonnenuntergang wurde der Wind um den Gipfel frostig. Die beiden Magier stiegen den Abhang hinab. Die Wolkenoberfläche war nicht mehr ruhig, sondern in stetig fließender Bewegung. Sie aßen ein kaltes Abendbrot und legten sich schlafen. Zitterberg blieb auf dem Gipfel auf Wache.

*

Der dritte Tag verlief ähnlich wie der zweite. Orolandes und Mirandee hielten sich von den anderen fern und fanden Abgeschiedenheit in einem schattigen Tal. Klumpfuß und der Magier faulenzten auf dem Gipfel.

Klumpfuß schien mit sich einig geworden zu sein. Beim Frühstück war er Mirandee mit steifer Höflichkeit gegenübergetreten, aber hier konnte er sich entspannen. »Das ist die einzig richtige Art zu reisen. Wir hätten sie auch auf dem Weg nach Prissthil benutzen sollen, Magier.«

Der Magier kicherte. »Das wäre schön gewesen, nicht wahr? Aber unmöglich. Es gibt keine Berge in der Nähe von Magierhöhe. Und der einzige Platz, um abzusteigen, wäre der Gipfel von Mount Walhalla gewesen. Ohne Träger. Da wir gerade davon sprechen, wenn wir unser Ziel erreichen, werden wir ähnliche Probleme haben. Wo genau liegt unser Ziel, Zitterberg?«

»Es ist der Teil eines Gebirszuges und unsere Wetterzauber müßten arbeiten«, antwortete Zitterberg, »außer, ich habe mich von Anfang an geirrt. Bei dieser Geschwindigkeit werden wir den Ort morgen am späten Nachmittag erreichen. Wir werden etwas klettern müssen.«

Klumpfuß legte sich in der Wolkenmasse zurecht. »Dann werden wir für die Anstrengungen Kräfte sammeln.«

Zitterberg musterte ihn. »Gemütlich, nicht? Du gedankenloser Troll, du. Ihr habt alle geschlafen wie die Toten. Auch Orolandes und Mirandee, aber die haben es wahrscheinlich verdient, nachdem sie es den ganzen Tag miteinander getrieben haben. Ich wünschte, ich könnte auch schlafen.«

Klumpfuß' Ärger verschwand so schnell, wie er gekommen war. »Wir könnten deine Sinne ausschalten.«

»Das ist nicht dasselbe. Nicht dasselbe wie schlafen oder blinzeln oder ... oder weinen. Ich will Augenlider.«

»Ich habe da eine Idee«, meinte Klumpfuß.

Sie knoteten eine Leine an seinen Unterkiefer und schoben Zitterberg einen halben Meter tief in die Wolken hinein. Zweimal zogen sie ihn nach kurzer Zeit wieder heraus und fragten, wie er sich fühlte. Er behauptete, daß es ganz zufriedenstellend war. Nicht ganz wie echter Schlaf, aber es gab ihm doch die Illusion mit geschlossen Augenlidern zu ruhen.

Sie ließen ihn unten bis Sonnenuntergang.

*

In einem schattigen Tal, umschlossen von Nebelfetzen, die sich nicht bewegten, lag Orolandes mit dem Kopf auf Mirandees Bauch. Das Sonnenlicht drang durch die Wolkenwände und badete sie in einem sanften Schimmer.

»Liebe und Wahnsinn«, überlegte er. »Sie gehören zusammen, nicht.«

»Fühlst du deinen Verstand zurückkehren?«

»Nein, überhaupt nicht.«

»Gut.« Sie kicherte. Ihre flachen Bauchmuskeln hüpften angenehm unter seinem Ohr.

»Ich wundere mich nur«, sagte er. »Warum ist dieser Roze-Kattee der Gott der Liebe und des Wahnsinns? Die Götter waren vor den Menschen da oder nicht? Konnten Götter sich verlieben? und wahnsinnig werden?«

Nachdenklich rückte sie sich in eine andere Stellung. »Gute Frage. Wir werden die Antwort herausfinden müssen, bevor wir etwas Entscheidendes unternehmen. Ich glaube, daß eines Tages ein namenloser Gott um sich schaute und feststellte, daß er ohne Anbetung nicht weiter existieren konnte. Es gab Menschen. Was brauchten sie, daß Roze-Kattee ihnen verschaffen konnte? Einige Götter waren anpassungsfähiger als andere. Roze-Kattee anscheinend nicht.«

»Was könnte ein Gott der Liebe und des Wahnsinns denn tun?«

»Oh ... Feinde mit Wahnsinn schlagen. Ihn von seinen Verehrern fernhalten. Liebe? Hmmm.«

»Dasselbe? Die Feinde des Eisriesen dazu bringen, sie zu lieben?«

»Warum nicht? Und gute Verträge aushandeln, indem er mit den Gefühlen von Königen und Königinnen spielte. Priester lernen, die Dinge praktisch zu sehen, auch wenn ihre Götter es nicht tun.«

»Glaubst du, daß dieser Gott gegen uns kämpfen wird?«

Sie bewegte sich wieder. »Er braucht uns genauso, wie wir ihn. Wir werden es genauer wissen, wenn wir diesem schlafenden Gott gegenüberstehen.« Ihre langen Fingernägel kraulten sein Brusthaar. »Denk jetzt nicht daran. Denk daran, daß du Liebe auf einer Wolke gemacht hast. Nur wenige Sterbliche haben die Möglichkeit, das auszuprobieren.«

»Es erfordert Übung.«
»Wir hatten Übung.«
»Ich bin der einzige Krieger unter euch. Zauberer werden sich nicht überschlagen, um einen Schwertkämpfer zu retten.«
»Aber ich würde es.«

*

In dieser Nacht wurde der Magier durch irgendetwas geweckt. Er mühte sich, seine angenehme Schläfrigkeit abzuwerfen, während seine Augen den glitzernden Sternenhimmel absuchten. Nichts, nur Sterne ... Er schlief wieder ein, als er aus demselben Grund wieder aufschreckte: eine Bewegung unter ihm, wie ein von Wolken gedämpfter *Bumm*.

Klumpfußś chläfrige Stimme fragte: »Was?«
»Weiß nicht.«
Das dritte *Brumm* klang schon weitaus entschiedener.

*

Auch Orolandes spürte die Bewegung und fühlte einen Augenblick lang Panik in sich aufsteigen.
»Wolke. Du bist auf einer Wolke«, sagte Mirandee beruhigend. Ihre Augen waren nur Zentimeter entfernt, ihr Atem kitzelte in seinem Stoppelbart.
»Schon gut. Aber, was war das ...«
Die Wolke bewegte sich erneut.
Orolandes strich über ihr Haar – im Sternenlicht war es rabenschwarz – rollte herum und stand auf. Die anderen mußten auf der anderen Seite der hochgebauschten Sturmwolke sein. Er ging zu ihnen und merkte, daß Mirandee ihm folgte.

Klumpfuß und der Magier waren aufgestanden. Klumpfuß rief: »Habt ihr etwas gesehen?«

»Nein, aber ich fühlte ...«

Hinter den zwei Zauberern, hinter dem Rand der Wolkenmasse, erhob sich ein Schatten, der die Sterne verdeckte. Ihr Licht glomm schwach in großen, weitauseinanderstehenden Augen.

Mirandee stand hinter ihm, eine Hand auf seiner Hüfte.

»Nicht zaubern«, rief der Magier. »Noch nicht. Es ist ein Roch.«

Der große Vogel trat Luft und hielt sich mit einem gelegentlichen Flügelschlag in seiner Stellung. Er legte den Kopf erst auf die eine, dann auf die andere Seite, um die Menschen auf der Wolke zu betrachten. Dann sprach er mit einer Stimme zu ihnen, die an einen im tiefsten Baß ausgeführten Donnerschlag erinnerte.

»Krah!«

»Selber Krah!« grollte Orolandes und stampfte auf ihn zu. Sein Schwert war länger als der Schnabel des Vogels, dachte er. Er konnte ein Auge erreichen. Es war eine abenteuerliche Art zu sterben, aber Mirandee war gerettet, wenn er dem Vogel das Augenlicht nehmen konnte.

»Krah!« donnerte der Vogel. Seine Flügel hoben sich und schlugen nach unten.

Ein gewaltiger Windstoß schleuderte Orolandes zurück. Er beugte sich schützend über das Schwert, überschlug sich zweimal und kam in der Hocke wieder auf. Eine zweite Bö traf seinen Kopf und die Schultern.

Der Vogel war über ihm und stieß auf Mirandee herab.

Orolandes versuchte, zu ihr zu kommen. Die Wolken hängten sich an seine Füße und behinderten ihn.

Mirandee rief etwas, das keinen Sinn zu ergeben schien.

Ein weiches blaues Licht erhob sich zwischen ihren ausgestreckten Armen und dem geöffneten Schnabel des Vogels. Ihr Haar strahlte weiß und sie fiel.

Orolandes brüllte.

Der Vogel flatterte erfolglos und fiel in einen verdrehten Haufen auf die Wolkenfläche.

Orolandes griff an. Sein Schwert grub sich in die Federn. Er stemmte die Füße ein und schlug nach dem Genick des Tieres. Wieder traf er nur Federn.

Die Schwingen des Vogels bewegten sich matt. Mit einer großen Anstrengung hob er den Kopf, sagte: »Krah?« und starb.

Mirandee schrie um Hilfe.

Ihr Haar war eine schwarze, von weißen Strähnen durchzogene Wolke. Sie war bis zu den Achselhöhlen eingesunken. »Ich nahm seine Macht. Götter, ich bin völlig durcheinander! Ein Glück, daß ich mich an den Vampir-Spruch erinnerte, oder ich würde versuchen, selbst zu fliegen.«

Sie redete lauter Unsinn wegen des Schocks, den diese plötzliche Berührung mit dem Tod in ihr verursacht hatte.

»Klumpfuß, kannst du mich hier herausholen?«

Orolandes watete behutsam auf sie zu, knietief in trügerischen Wolken. Er packte sie bei den Ellenbogen, hob sie heraus und stellte sie auf die Füße.

»Oh, vielen Dank. Dieser Vampirzauber, den der alte Santer mir vor hundert Jahren beibrachte! Ich glaubte, ihn nie brauchen zu können. Ich dachte, ich hätte ihn vergessen. An den meisten Orten würde er

nicht einmal mehr wirken. Oh, 'Landes, ich hatte Angst.«

Klumpfuß sagte: »Du hast den Vogel ausgesaugt. Hier.«

Der Vogel lag tief in den Wolken und sank immer noch weiter. Noch während sie ihn betrachteten, verschwand er unter der Oberfläche.

»Wir können hier nicht bleiben«, sagte Klumpfuß. »Sonst fällt noch jemand in dieses Loch hinein. An dieser Stelle haben die Wolken nicht die Kraft, eine Feder zu halten und man kann sie nicht von ihrer Umgebung unterscheiden.«

Sie lagerten sich an der steileren Nordflanke der hochgetürmten Wolke.

DIE NORDIKS

Am dritten Morgen waren im Osten und Norden gewaltige, schneebedeckte Berggipfel zu erkennen.

»Halte auf den nördlichsten Gipfel des Gebirges zu«, ordnete Zitterberg an.

Klumpfuß begann mit seinem Wetterzauber. Der Magier zog ein silbernes Band von seinem Oberarm und blickte hindurch. Ein weit entfernter, abgerundeter Gipfel schimmerte bläulich-weiß. »Das ist er. In diesem Berg liegt Zauberkraft«, sagte er. »Zitterberg ...«

»Ja?«

Langsam sagte der Magier: »Erst jetzt kommt mir die Größe des Wagnisses zu Bewußtsein, das wir unternommen haben. Ich habe mich niemals an etwas so Großes gewagt, nicht einmal, als ich jung war.«

»Was haben wir zu verlieren?« Zitterberg kicherte.

Ich wünschte, du würdest das nicht andauernd wiederholen. Klumpfuß, wie kommst du voran?«

»Nicht besonders.«

Der Wolkenberg trieb nach Osten. Klumpfuß vergrößerte seine Anstrengungen, ihn nach Norden zu lenken. Gegen Mittag trafen die Wolken gegen die Bergflanken und bewegten sich wie ein aufgewühltes Meer. Aufrecht zu stehen war unmöglich. Selbst Klumpfuß gab den Versuch nach einiger Zeit auf.

Zuerst war es nicht so schlimm, aber dann wurde Orolandes seekrank. Zweimal in seinem Leben hatte er einen Sturm an Bord eines Kriegsschiffes erlebt, aber dies hier war schlimmer. Sie versuchten, den Sturm selbst zu steuern. Klumpfuß hatte einen grimmigen Ausdruck im Gesicht, der Orolandes gar nicht gefallen wollte. Teile der Wolke türmten sich zu plötzlichen Hügeln auf, andere lösten sich und trieben als weiße Knäuel davon. Einmal versuchte der hinkende Zauberer aufzustehen und die nötigen Gesten auszuführen, aber ein Hügel, der sich unter ihm hob, warf ihn um, und er rollte den Abhang herunter. Danach blieb er sitzen.

Die durch den Zauber verhärtete Wolke verformte sich wie Gummi, wo sie gegen den Fels prallte. Orolandes preßte die Zähne aufeinander, um den Aufruhr in seinem Magen zu unterdrücken. Schiffe taten das nicht! Er lag jetzt flach auf der Wolke, wie die anderen auch, Arme und Beine weit ausgestreckt.

Die Wolke glitt den Beg hinauf, wurde langsamer, kam zu einem Halt und, statt den Berg zu überqueren, glitt sie in nördlicher Richtung weiter. Der Aufruhr legte sich etwas. Orolandes begann sich zu entspannen.

»Wenigstens ist es die gewünschte Richtung«, murmelte Klumpfuß und stand auf. »Jetzt wollen wir sehen, ob ich …«

Erstaunt hielt er inne. Er war bis zu den Hüften in die Wolke eingesunken.

Und Orolandes sank stetig tiefer in den Dunst hinein, bis er die anderen nicht mehr sehen konnte.

Klumpfuß schrie: »Bleibt liegen! Streckt euch aus!« Er sang in der Sprache der Gilde, mit einem Hauch von Verzweiflung in der Stimme. Er steckte bis zur Brust in der Masse und sah aus wie ein Kapitän, der mit seinem Schiff unterging.

Über Orolandes Kopf schloß sich die Wolkenschicht, und er befand sich in undurchsichtiger Weiße. Er hielt den Atem an und machte sich bereit – wenigstens dachte er, er wäre bereit – für den Moment, in dem er aus der Wolke herausfallen würde.

Zu lange. Er rang nach Luft und stellte fest, daß er den Nebel atmen konnte.

Irgendwo über ihm sang Klumpfuß immer noch. Wenn Orolandes jetzt nach Mirandee rief, konnte der den Zauber unterbrechen, aber es war schwer, einsam auf diese Art zu sterben. Das Weiß hatte sich zu hellem Grau verfärbt. Die Sekunden dehnten sich in's Unendliche ... dann prallte er auf rauhen Untergrund und überschlug sich.

Er lag auf dem Rücken auf festem, herrlich festem Boden, unter sich Schmutz und kleine Steine und eingehüllt von dieser grauen Wolke. Er blieb liegen und rief: »Mirandee!«

Nichts.

»Klumpfuß! Magier!« Er hatte Angst, sich zu bewegen. Festen Boden in einer Wolke zu finden, war zuviel Zauberei mit zuwenig Vorwarnung. Und er konnte noch immer nichts erkennen.

Dann tauchte eine Gestalt in der Wolke auf. Er sah einen blassen, blonden, sehr haarigen Krieger. Der gepanzerte Mann bewegte sich in geduckter Haltung, seine Augen rollten unruhig, als versuchte er, in alle Richtungen gleichzeitig zu sehen. Seinen Speer hielt er stoßbereit in der Hand, aber er blickte nicht zu Boden.

Das, endlich, war für Orolandes vertrautes Gebiet.

Als der Fremde Orolandes endlich bemerkte, war er bereits nahe genug und hatte das Schwert in der Hand. Der Fremde öffnete den Mund. Er versuchte zu schreien und gleichzeitig zuzustoßen. Orolandes schlug die Speerspitze beiseite und stach ihn durch den offenen Mund.

Er wartete. Keine weiteren blonden Krieger tauchten auf. Orolandes wagte es, sein Opfer zu betrachten.

Der Tote war in messingverstärktes Leder gekleidet. Außer dem Speer trug er noch Schwert und Dolch. Er schien kaum älter als Zwanzig zu sein, sah wohlgenährt aus und nichts von beidem war gut. Eine reich mit Nahrung versehene Bevölkerung konnte sich viele Soldaten leisten, und ein junger Mann würde nicht seine beste Rüstung tragen. Eine große, gut ausgerüstete Kriegerbande mußte sich im Nebel herumtreiben. Nebel!

Natürlich! Orolandes mußte über sich selbst lachen. Eine Wolke auf dem Boden wurde zu Nebel. Klumpfuß mußte es gelungen sein, mit der Wolke zu landen, während sie noch fest genug war, sie zu tragen. Das mußte auch die Soldaten aus der Fassung gebracht haben: feuchter Nebel und ein mit Zauberern übersäter Berghang.

Orolandes ging in den Nebel hinein. Er war schmerzhaft angespannt. In dieser undurchsichtigen Suppe konnte man Freund nicht von Feind unterscheiden. Einige Zeit verbrachte er damit, einen kleinen Baum zu umschleichen. Später erkannte er zwei bewegungslose Gestalten im Dunst neben einem ... sitzenden Mann?

Lautlos griff Orolandes an und tötete einen von ihnen, bevor sie überhaupt merkten, was vor sich ging. Der andere konnte sich lange genug wehren, um nach Hilfe zu brüllen. Aber mit dem Schwert war er doch nicht so flink und starb.

Der Magier stand nicht auf. Er sah schlecht aus, als wäre er in sich zusammengesunken. Er blinzelte und flüsterte matt: »Orolandes?«

»Ja. Sie werden gleich kommen, wir müssen weg. Bist du verletzt?«

»Jugendzauber verliert Kraft. Kein *Mana* hier. Nimm ...«

»Wo sind die anderen?«

»Weiß nicht. Du kannst sie nicht finden. Nimm Zitterberg. Steig höher hinauf.«

»Aber ...«

»Nach oben, bis Zitterberg spricht. Geh.« Der Magier sank zurück. Sein Atem hörte sich schrecklich an.

Orolandes bückte sich rasch und löste den Schädel samt Riemenwerk von der knochigen Schulter des Magiers. Der Schädel schien nicht mehr als ein pathetisches Spielzeug zu sein, es war kein Leben in ihm. Orolandes klemmte ihn sich unter den Arm und eilte geduckt und lauernd in den Nebel. Krieger der Nordiks würden dem Hilferuf folgen.

Er mußte Mirandee finden.

*

Der Magier ruhte mit geschlossenen Augen. Er hatte blaue Flecken und eine ausgerenkte Schulter, aber es waren die Jahre, die ihn jetzt hilflos machten. Kälte sickerte in seine Knochen.

Metall klapperte. Er öffnete die Augen.

Die Kraft zu großen Zaubern hatte ihn an diesem öden Ort im Stich gelassen, aber wenigstens ein kleiner Zauber war ihm geblieben. Die Gabe, Sprachen zu beherrschen, war keine große, aufsehenerregende Fähigkeit, manche beherrschten sie ganz ohne Zauberkraft, aber trotzdem war es eine nützliche Gabe.

Der Magier sagte in Nordik: »Tötet mich nicht.«

Der Mann in der Rüstung aus gehämmerten Bronze antwortete: »Das Versprechen gebe ich nicht. Bist du solch ein Schwächling, wie du zu sein scheinst? Wie konntest du diese zwei Männer erschlagen?«

»Der Schwertkämpfer, den wir als Führer mitnahmen, tötete sie und floh.«

»Beschreibe ihn.«

Wenn Orolandes gefangen wurde, war ihm der Tod ohnehin sicher, dachte der Magier und beschrieb Orolandes haarklein, fügte aber hinzu: »Er war der einzige unter uns, der wußte, wo der Schatz zu finden war.«

»Was für ein Schatz?«

»Den ›Gott in einem Gott‹«, gab der Magier zur Antwort. Wenn sie den Schatz haben wollten, würden sie Orolandes lebend fangen ... vielleicht. Es war einen Versuch wert. »Ein solches Ding wäre ungeheuer wertvoll für uns. Wir waren alle Zauberer, außer ihm.«

»Wie viele seid ihr?«

»Ich und ein Krüppel namens Klumpfuß und eine Frau, Mirandee.« Und ein Schädel. Erbärmlich, dachte der Magier. »Wir können euch hier nicht schaden.«

»Ich weiß. Steh auf oder ich schneide dir die Kehle durch.«

Es war mühsam und sehr anstrengend, aber der Magier kam auf die Füße. Der Mann in Bronze beobachtete ihn angewidert. »Du wirst niemals alleine gehen können«, sagte er.

Er rief und aus dem Nebel kamen zwei Soldaten, die Klumpfuß zwischen sich führten. Er blutete aus der Nase. Es schien seine einzige Verletzung zu sein, abgesehen davon, daß er heranschlurfte wie ein Mann, der alle Hoffnung verloren hat.

»Ihr könnt euch gegenseitig stützen«, erklärte ihnen der Mann in Bronze. »Haltet mich nicht auf. Ihr lebt noch, weil ihr mich bisher nicht geärgert habt. Euer Schwertkämpfer hat mich geärgert, und er wird sterben.«

Der weiße Nebel hüllte sie immer noch ein, als sie den Abhang hinuntergingen. Die Nordiks schienen sich über den Weg nicht im klaren zu sein. Vielleicht hatten sie sich verirrt. Sie waren gezwungen, langsam zu gehen und das war gut, denn die Zauberer brachten sich schier um, damit sie nicht den Anschluß verloren. Klumpfuß mußte den Magier halb tragen, und er hinkte heftig auf seinem verkrüppelten Fuß.

Als der Magier mit ihm sprechen wollte, traf ein Speerschaft seinen Musikantenknochen. Es tat höllisch weh. Der Mann in der Bronzerüstung sagte: »Ihr dürft nur in unserer Sprache reden. Wir möchten nicht von euch verflucht werden.«

»Flüche haben hier keine Kraft«, murmelte Klumpfuß.

»Das wissen wir. Wir wissen es so sicher, daß wir es nicht einmal ausprobieren wollen. Klar?«

Klumpfuß nickte nur. Er war niedergeschlagen, müde, besiegt.

Der Magier sprach ihn auf Nordik an: »Gute Landung. Ich hätte nie geglaubt, das zu überleben.«

Es schien, er würde nicht antworten. Dann: »Ich habe uns dort runtergebracht, wo es mir möglich war. Ich glaubte, gute Arbeit geleistet zu haben, bis sie auftauchten.«

»Es ist immer noch besser, als wenn die Wolke sich plötzlich aufgelöst hätte, während wir uns noch in der Luft befanden.«

Der Anführer der Nordiks war ein starker Mann, kräftig genug, um eine Bronzerüstung zu tragen, ohne das Gewicht zu spüren. In seinem Bart zeigten sich weiße Strähnen, und über einem Augen hatte er eine alte Narbe. Es schien ihm gleich gewesen zu sein

ob seine Gefangenen lebten oder starben – bis jetzt.

Jetzt starrte er sie an. »Seid ihr wirklich auf einer Wolke geritten?«

»Wir reisten fast tausend Meilen auf diesem wandernden Sturm, dank Klumpfuß' Wetterzauber.«

»Und wie ist es?«

Der Magier unterdrückte einen Seufzer der Erleichterung.

Mirandee würde ihre Freiheit behalten. Ihre besondere Gabe würde sie schützen, selbst hier. Orolandes? Sie konnten nur hoffen und das möglichst inständig, denn Orolandes trug Zitterberg bei sich. Aber Klumpfuß und der Magier konnten nur erwarten erst verhört und dann getötet zu werden. Außer es gelang ihnen, Neugier zu erregen und wachzuhalten.

»Stell dir das herrlichste Bett vor, von dem du jemals gehört hast«, begann er. »Nicht die Betten, in denen du schläfst, sondern Betten, wie sie nur in Märchen vorkommen. Wolken sind noch weicher als das ...«

*

Aus dem Nebel hinter ihm kam eine Stimme. »Orolandes.«

Er erschrak furchtbar. Sein Schwert hielt er bereit, als er fragte: »Mirandee?« Immerhin konnte es sein, daß sie sie schon gefangen hatten.

»Nein. Ich konnte ihnen ausweichen. Aber nur gerade eben.

In meinem Gehirn ist ein Nebel, der schlimmer ist als dieser Dunst um uns herum. In welcher Richtung liegt der nächste Berg?«

»Was ist mit den anderen?«

Sie schüttelte den Kopf. Ihre Lederkleidung hatte gelitten, aber Mirandee schien unverletzt zu sein, sie wirkte nicht einmal sonderlich mitgenommen. »Wir können hier nicht zaubern«, sagte sie. »Meilenweit in die Runde scheint es nur alte Schlachtfelder zu geben. Hattest du vor, sie ganz alleine zu befreien? Oder mir beizubringen, mit einem Schwert umzugehen?«

»Was sollen wir dann tun?«

»Wir verlassen dieses verödete Gebiet. Bergauf. Wenn Zitterberg uns zu dem ›Gott in einem Gott‹ führen kann, werden wir die anderen einfach herbeirufen.« Sie nahm den Schädel in beide Hände, ihr Haar strich über Orolandes' Schulter. »Er sieht nicht gut aus.«

»War das ein Scherz?«

Sie lachte. »Armer Zitterberg. Würdest du ihn bitte an meine Schulter binden? Dann hast du beide Hände frei. Nein, ich meinte nur, daß er vielleicht wirklich tot sein könnte. Ich muß all die nötigen Sprüche noch einmal aufsagen … Orolandes? Erinnerst du dich an Zitterbergs richtigen Namen?«

»Nicht so ohne weiteres.«

Das schien sie zu bekümmern. »Versuche, dich zu erinnern. Wir können ihn nicht wiederbeleben, wenn wir seinen Namen nicht wissen.«

»Na gut. Der Wind weht in diese Richtung«, meinte Orolandes, »und in dieser Richtung bewegte sich die Wolke an den Bergen entlang. Nach Norden. Also gehen wir nach Osten.«

Orolandes berührte Zitterberg nur widerwillig: trockener, toter Knochen mit einem leisen Geruch nach Tod. Ganz besonders störte es ihn, daß er den

Schädel an die Schulter der Hexe binden mußte. »Warum können wir ihn nicht in dem Packen unterbringen? Er wäre sicher gut genug.«

»Denk an ihn als Zitterberg, unseren Verbündeten. Die Einstellung ist ein wichtiger Teil des Zaubers, Lieber. Er wird leichter aufzuwecken sein, wenn er weiß, daß ich hier bin und auf seinen Rat warte.« Sie lächelte ihn liebevoll an, und der Schädel auf ihrer Schulter grinste.

*

Sie hatten den Aufstieg kaum begonnen, als es schon zu dunkel wurde, um noch weiterzugehen. Sie lagerten zwischen Bäumen, die sie kaum erkennen konnten. Mirandees kleine Kristallkugel war bei dem Sturz zerbrochen, und sie verbrachten einige Zeit damit, Kristallsplitter aus den Decken und dem Packen zu entfernen.

Während der Nacht verwandelte der Nebel sich in Pulverschnee. Trotz der Decken waren sie völlig durchgefroren als sie erwachten, und sie hatten blaue Flecken von dem harten Untergrund.

Als sie sich bewegten, wurde die Kälte erträglicher, aber Mirandee ermüdete schnell. Ihr Haar war wieder weiß. Sie mühte sich rechtschaffen ab, und gegen Mittag hatten sie den Nebel hinter sich gelassen.

Mirandee stimmte dafür, auf den nächsten Gipfel zu steigen, aber selbst wenn ihnen dort oben die Wiederbelebung Zitterbergs gelang, mußten sie wieder heruntersteigen, denn dieser Berg lag nicht auf ihrem Weg zu dem runden Zauberberg. Mirandee ließ sich von Orolandes überzeugen, und war vielleicht sogar erleichtert deswegen.

Sie gingen nach Norden und immer bergauf. Gegen den Durst hatten sie sauberen Schnee. Sie sahen auch Nahrung, immer gerade außerhalb ihrer Reichweite: eine Bergziege, einen kleinen Bär, der ihnen aus dem Weg ging, obwohl Orolandes ihm sehr üble Beleidigungen nachrief. Er sehnte sich nach Pfeil und Bogen, mußte sich aber mit einem Speer begnügen, den er aus einem Stück Holz, Seil und seinem Schwert fertigte.

Sie sprachen nicht viel. Jeder hatte seinen privaten Kummer, mit dem er sich im Geheimen herumquälte … Aber Mirandee spürte die Scham ihres Lieb-

habers darüber, daß er Gefährten im Stich gelassen hatte und mit ihrem eigenen Schmerz über den Verlust von Jugend und Zauberkraft, litt sie für zwei. Orolandes gab sich Mühe, sie aufzumuntern. Er hatte keine Übung darin, aber ihr Einfühlungsvermögen ersparte ihm Worte.

So ging es weiter, bis in der Abenddämmerung des dritten Tages, Orolandes einen Elch entdeckte. Er hatte Fleisch genug, um ein ganzes Dorf satt zu machen, aber in Orolandes Augen war er gerade richtig für zwei. Er schlich darauf zu, immer auf die Windrichtung achtend. Der Elch weidete das spärliche Gras ab, während er mit einem Auge nach Gefahren forschte.

Dann, ganz plötzlich, wandte er sich in Orolandes Richtung und ging auf ihn zu, ohne auf das Gras zu achten.

Für die Ohren eines Jägers war Mirandees Stimme erschreckend laut. »Ich habe ihn gerufen. Kannst du ihn schlachten?«

Der Elch blieb stehen und wartete, daß ihm die Kehle durchgeschnitten wurde. Orolandes tat es, aber er kam sich dabei wie ein Mörder vor. Das Schwert schnitt mit überraschender Leichtigkeit durch Fleisch und Knochen. Das Zauberschwert ...

»Ich wünschte, wir wüßten den Namen dieser Waffe«, sagte Mirandee. »So, wie es ist, vertrauen wir jedesmal auf die Zauberkraft eines Fremden, wenn wir das Schwert benutzen.«

Sie hatte einen Felsblock in Brand gesetzt, bevor er noch mit der blutigen Arbeit des Zerwirkens fertig war. Ihr Haar war halb schwarz, halb weiß.

Während sie aßen, meldete sich unerwartet Zitterbergs Schädel zu Wort. »Zauberer verbrachten Jahrzehnte damit, gegenseitig ihre wahren Namen herauszufinden, Grieche. Es will mir nicht in den Sinn, daß du meinen Namen zweimal hören konntest und ihn doch vergessen. Nein, Mirandee, ich werde ihn dir nicht verraten. Es reicht, daß der Magier und Klumpfuß mich wie eine Marionette behandeln können. Du wärst einer zuviel.«

*

» ... größte Vogel, der jemals lebte. Wir hatten geglaubt, er sei nur noch Legende, aber plötzlich tauchte er auf und stieß auf Mirandee herab.« Der Magier konnte kaum sprechen, in dieser Luft, die heißer war als der Atem der Hölle, aber es war unwichtig, angesichts der Tatsache, daß er seine Zuhörer in seinen Bann gezogen hatte. Sie lauschten andächtig. »Acht Klauen, wie geschliffene Krummsäbel. Augen von der Größe deines Schildes Poul ...«

Die Sauna, in die er und Klumpfuß eingeladen worden waren, war ein unterirdischer Raum mit einem Holzofen in der Mitte. Es gab zwei Reihen Bänke an allen vier Wänden, und der Magier dankte allen Göttern dafür, denn so war es ihm möglich, auf der unteren, kühleren Reihe zu sitzen. Am liebsten hätte er sich auf dem Fußboden niedergelassen, aber das hätte den Sitten der Nordiks allzusehr widersprochen. In dem Dorf lebten mehr als zweihundert Menschen. Mindestens die Hälfte davon befand sich in diesem weißglühenden Raum und vergoß genug Schweiß, um einen ansehnlichen Fluß zu füllen. Sie alle waren völlig nackt: Männer, Frauen, ältere Kinder und Greise, die ohne Unterstützung kaum noch gehen konnten. Sogar einige Eisriesen waren anwesend. Zwischen zwei und drei Metern groß, saßen sie auf den unteren Bänken und berührten mit den Köpfen beinahe die Decke.

Der Magier hatte in seinem Leben viele menschliche Eigenarten kennengelernt, und deshalb war es ihm gelungen, sein Erstaunen über die Sauna zu verbergen und nur die Unwissenheit eines Neulings zu zeigen, dem die Bräuche erst erklärt werden mußten. Als Poul ihm auseinandersetzte, daß sie sich auf diese Weise brieten, um gesund zu bleiben, hatte er nur genickt.

Klumpfuß hatte gelacht, als der Magier ihm davon berichtete (allerdings erst, als sie allein waren). Der Magier nahm die Sache nicht ganz auf die leichte

Schulter. Medizin war ein Zweig der Zauberei. Wenn die Zauberei aus der Medizin verschwand, was blieb dann übrig? Dies hier?

Es wäre nicht menschlich gewesen, wenn die Hitze ihm nicht einiges Unbehagen bereitet hätte. Außerdem kam es ihm ziemlich eigenartig vor, so viele nackte Männer und Frauen auf so engem Raum zusammen zu sehen, ohne daß auch nur verstohlene Blicke gewechselt wurden! Hin und wieder stand einer auf, rannte zum Fluß am Fuß des Abhangs und wenn er nach zehn Minuten zurückkehrte, war seine Haut so kalt, wie eine drei Tage alte Leiche.

Trotz allem war er sich der einzigartigen Ehre bewußt, die ihm mit der Einladung zuteil geworden war und er war nach Kräften bemüht, daraus Vorteile zu ziehen.

»Ja, Zitterberg war der übelste Mensch, dem ich jemals begegnet bin! Er rottete ganze Dörfer aus und nicht, indem er mit dem Schwert über sie herfiel. Nein, er kam hinterlistig, schlich sich in ihr Vertrauen und verkaufte ihnen Zombies als Sklaven. Die Zombies waren die Leichen aus den anderen Dörfern, die er heimgesucht hatte. Er erweckte sie wieder zum Leben und verkaufte sie unter der Maske vertrauenswürdiger Trolle. Eines Nachts nahmen die Trolle dann ihre Dolche und …«

Vor drei Nächten war es noch ganz anders gewesen – keine Spur von ehrenvollen Einladungen und Sauna – als Harric in Vendhabn einzog, mit zwei völlig erschöpften Zauberern als seine Gefangenen.

*

Die Häuser Vendhabns waren aus Stein, hatten spitze Dächer und kleine Fenster. Sie standen zu beiden Seiten einer schlammigen Straße, die dem Verlauf eines ehemaligen Kuhpfades folgte. Die Häuser hatten die für Menschen angemessene Größe – bis auf die Halle in der Mitte der Stadt.

Der Magier war am Ende seiner Kraft. Der lange Marsch und das plötzlich über ihn hereingebrochene Alter hatten ihn ausgelaugt. Auch Klumpfuß war nicht im besten Zustand, aber beide bemerkten die Halle. Sie war ungeheuer! Die Felsblöcke, aus denen sie zusammengesetzt war, waren riesig. Die Tür war gut zehn Meter hoch und aus ganzen Baumstämmen

erbaut. Außerdem war die Halle älter als die übrigen Häuser der Stadt und der Magier fragte sich, ob sie das Werk von Eisriesen war.

Die Nacht war dunkel und immer noch neblig. Kein Mensch war mehr unterwegs, worüber der Magier sehr erleichtert war. Er hatte befürchtet, einem glotzenden Mob vorgeführt zu werden. Der in Bronze gekleidete Mann namens Harric führte sie an der Halle vorbei und in ein Gebäude, das ein Gefängnis sein mußte. Es hatte dieselben gewaltigen Ausmaße wie die Halle und bestand aus einem Raum von zehn Metern Höhe, der in kleinere Gelasse unterteilt war.

Der Raum, der ihnen zugewiesen wurde, hatte ein

kleines Fenster in der Tür. Der Wächter, der davorstand, war ein hochgewachsener Mann mit großen, schwieligen Händen. Der Magier war zu erschöpft, um zu sprechen oder sonst etwas zu unternehmen. Er konnte sich nur auf die Strohmatratze fallen lassen und versuchen, weiterzuatmen. Als Klumpfuß sich über ihn beugte, erfüllt von dem Verlangen, ihn durch Zauberei zu heilen und dem Bewußtsein, daß es unmöglich war, hatte er nur zwei Worte herausgebracht: »Unterhalte sie!«

Später in der Nacht wachte er auf, unbemerkt von Klumpfuß. Der rote Mann stand mit dem Wächter an dem Fenster in der Tür und war damit beschäftigt, dem andächtig Lauschenden zu berichten, wie das Liebesspiel auf einer Wolke vor sich ging. Seine Wortwahl war so farbig, als habe er es selbst erlebt, dabei war es nur seine von Eifersucht beflügelte Phantasie, die ihm zu den blumigsten Ausschmükkungen verhalf. Bestimmt war es nicht in seinem Sinne, daß der Magier ihm zuhörte.

Am Morgen fühlte er sich kräftiger. Er war in der Lage, etwas Brot zu essen und Met zu trinken. Der Mann, der sie während der Nacht bewacht hatte, war recht freundlich gewesen und schien einige Ehrfurcht vor seinen Gefangenen zu empfinden. Klumpfuß stellte ihn als Poul Wolkenkratzer vor.

Die Zauberer unterhielten sich leise auf der Strohmatratze.

»Wir sollten uns wie Gäste und nicht wie Gefangene benehmen«, schlug der Magier vor. »Wie stehen die Chancen dafür?«

»Vielleicht. Letzte Nacht habe ich mit Poul gesprochen. Die Morde schob ich Orolandes in die Schuhe, was mich in eine ziemlich peinliche Lage bringt, wenn sie ihn fangen sollten. Ich werde zugeben müssen, daß ich gelogen habe.«

»Wenn sie Orolandes fangen, brauchen wir gar nichts mehr zu tun, außer uns eine möglichst erträgliche Todesart auszusuchen. Aber zurück zu unserem Plan: ich möchte den Eindruck erwecken, daß wir einfach nie auf den Gedanken gekommen sind, daß sie fähig wären, wandernden Zauberern die Kehle durchzuschneiden.«

»Nicht gut. Ich habe Poul ausgefragt. Er ist ein Haushaltsvorstand, aber er hat nur eine Stimme in der Versammlung.«

»Oh.«

»Wie wäre es damit: du bist ein liebenswerter, vertrauensseliger alter Mann und ich dein ehemaliger Schüler, der sein Leben der Aufgabe gewidmet hat, alle Unbill von dir fernzuhalten. Es wäre dein Tod, wenn du herausfinden würdest, daß unsere Gastgeber Böses im Schilde führen. Sollte jemand so ungezogen sein, derartige Andeutungen zu machen …«

» …wirst du darauf bestehen, daß ich nichts erfahren darf. Gut. Hilf mir auf.«

Schwer auf Klumpfuß' Schulter gestützt, blickte er aus dem kleinen Fenster. Er sah Männer und Frauen, die trotz der Kälte nur leicht bekleidet waren, die Straße entlanggehen. Zwei riesige Frauen kamen vorbei, die an einer Stange einen abgehäuteten Ochsen trugen. Sie hatten beide sehr helle Haut und weißes Haar, obwohl sie jung zu sein schienen, und sie waren zumindest zwei Meter groß. Der Magier blickte zu Poul, ihrem hochgewachsenen Wächter, sah aber an Klumpfuß' warnendem Kopfschütteln, daß es keinen Sinn hatte, darauf zu spekulieren, daß Poul ein Eisriesen-Mischling war.

»Unseren Verbündeten Zitterberg sollten wir nicht erwähnen«, sagte der Magier. »Zu makaber.«

»Richtig, aber erzähl ihnen von dem Zweikampf, das ist eine spannende Geschichte.«

»Gut. Also bist du der treue Schüler eines alten Mannes. Wenn sie erst einmal davon überzeugt sind, lassen sie dir vielleicht mehr Freiheit. Wenn es so ist, nimm die Beine in die Hand!«

»Niemals!«

»Ich will es aber. Ich bin nicht mehr im Spiel. Hier –.« Der Magier streifte den Silberreif von seinem Oberarm. »Das wird dir den Berg zeigen. Auch Mirandee wird sich bemühen, ihn zu erreichen, und aller Wahrscheinlichkeit nach hat sie Orolandes und Zitterberg bei sich.«

»Sicher«, sagte Klumpfuß. Er log ganz offensichtlich. Behutsam geleitete er den Magier zu dem Strohlager und half ihm, sich niederzulegen.

»Wir besuchen die Sauna alle zehn Tage«, sagte Poul Wolkenkratzer. Er saß auf der oberen Bankreihe. Seine beeindruckend großen Füße ruhten über seinem Kopf auf einem eigens dafür angebrachten Stab. »Aber wir halten sie immer warm. Wenn jemand vor Kälte zu sterben droht, können wir ihn rasch aufwärmen.«

»Das glaube ich unbesehen.«

»Außerdem verhilft die Sauna zu schnellen Geburten. Du wärest überrascht, wenn du wüßtest, wieviel Kinder in der Sauna geboren werden.«

»Absolut nicht. Ich habe das Gefühl, daß ich auch gleich ein Kind kriege.«

Poul war besorgt. »Sollen wir noch einmal in den Fluß springen?«

Der Fluß war eiskalt gewesen, er hatte geglaubt, sein Herz würde stehenbleiben. Und jetzt schwitzte er wieder. »Ich habe alle Auffrischung gehabt, die ich ertragen kann«, versicherte er dem Wächter.

Der Abkühlraum lag neben der Sauna. Er war überfüllt. Gewöhnlich hielten die Nordiks sich hier nur eine halbe Stunde auf und gingen dann nach Hause, aber heute machte niemand Anstalten dazu. Während der Magier sich wusch, versuchte er mitzuhören, was Klumpfuß ihm erzählte.

»Keiner von uns beiden ist alt genug, um sich zu erinnern, wie die Götter wirklich waren«, berichtete der hinkende Zauberer. »Auch mein Freund Magier nicht. Wie hat dir die Sauna gefallen, Magier?«

Der Magier lächelte zurück. »Eine einzigartige Erfahrung.« Er nahm das Handtuch, das eine schweigsame Eisriesin ihm reichte. Mit einem zweiten Handtuch trocknete sie seinen Rücken ab.

»Allerdings gibt es einige interessante Legenden«, fuhr Klumpfuß fort. »Der Gott Dyaus-pita nahm sich einige Menschenfrauen als Geliebte. Die meisten von ihnen nahmen ein böses Ende. Eine bestand darauf, ihn in seiner wahren Gestalt zu sehen – was höchstwahrscheinlich ein Fehler war.« Die gutgebaute junge Frau neben Klumpfuß kam dem Magier bekannt vor. Ja, sie war Harrics jüngere Schwester. Gut. Wenn es Klumpfuß gelang, den Krieger mit der Bronzerüstung freundlich zu stimmen…

Der gaffende Mob war ihnen natürlich nicht erspart geblieben. Am späten Vormittag hatte Harric sie durch die Stadt geführt. Es war schon komisch, zu sehen, wie verlegen die Zuschauer das Schauspiel aufnahmen: ein Krüppel und ein schwächlicher alter Mann. Die Zauberer beantworteten höflich die spöttischen Fragen, die ihnen gestellt wurden und gaben sich Mühe, sich wie Gäste und nicht wie Gefangene zu benehmen. Harric brachte sie zurück in ihre Zelle und entfernte sich zornig, und die Dorfbewohner kehrten zu ihrer Arbeit zurück. Die Kinder aber blieben.

Es mußten hundert Kinder gewesen sein oder mehr.

Zuerst starrten sie nur. Die Zauberer sprachen zu ihnen. Die Kinder kamen näher. Hier und da saß ein Kleineres auf den Schultern eines Älteren, und im Hintergrund standen einige weißhäutige, weißhaarige Knaben und Mädchen wie Bäume zwischen Schößlingen. Klumpfuß und der Magier wechselten sich am Fenster ab und erzählten von Drachenkämpfen, Zauberschlachten, alten Königreichen, fremdartigen, halbmenschlichen Völkern...

Es wurde Abend und die meisten gingen nach Hause. Denen, die geblieben waren, zeigte der Magier den Zauber, den er in dem Gasthaus in Prissthil zur Unterhaltung der Gäste vorgeführt hatte. In der Dunkelheit waren die Farben matter, als hätte er die Nordlichter auf die Erde heruntergebracht. Die Kinder waren begeistert.

Der nächste Morgen brachte ein Gewimmel aufgebrachter Eltern.

Der Magier war erschöpft. Er mußte es Klumpfuß überlassen, mit ihnen fertigzuwerden. Mit geschlossenen Augen lauschte er dem Ärger der Nordiks und Klumpfuß' Stimme, die verwirrte Bestürzung ausdrückte. Er fragte sich, was sie verkehrt gemacht hatten.

»...*Zauberer* aus ihnen machen? Mein Sohn soll...«

»...verführt unsere Kinder...«

»…besser, erst unsere Gebräuche zu lernen, statt…«

»…zu verwirrt, um ihre Arbeit zu tun, weil ihre Köpfe mit…«

Es wurde Zeit für das Mittagessen, und sie blieben allein zurück. »Ich war keine große Hilfe, nicht wahr?«, fragte der Magier elend. »Wie groß sind die Schwierigkeiten, die wir uns eingehandelt haben?«

Aber Klumpfuß schien eher nachdenklich als besorgt zu sein. »Nicht so groß, wie du vielleicht glaubst. Ich brachte eine alte Frau dazu, für die anderen die Wortführerin zu machen. Sie ist die Mutter des Ringträgers.« Durch seine Gabe für Sprachen wußte der Magier, daß ein Ringträger so etwas wie ein Bürgermeister war. »Ihr Name ist Olganna. Magier, eine große Anzahl Eltern ist erfreut darüber, daß es gelungen ist, das Interesse der Kinder für etwas zu erregen. Und die Kinder sind natürlich alle auf unserer Seite.«

»Was, im Namen der Götter, hat diese Leute denn so aufgeregt?«

Klumpfuß grinste. »Zauber wurde immer gegen die Nordiks eingesetzt, nie zu ihren Gunsten. Sie verfügten nicht über Zauberkräfte. Die Geschichten, die sie ihren Kindern erzählen, handeln alle von muskelbepackten Kriegern der Nordiks, die gegen böse Zauberer kämpfen. Die Gerechtigkeit siegte, und jetzt gibt es keine Zauberei mehr.«

»Oh.«

»Also halten die Kinder die Eisriesen jetzt ständig von ihrer Arbeit ab und vergessen auch ihre eigenen Aufgaben. Sie wollen Zauberei sehen. Nur Eisriesen können zaubern.« Klumpfuß tauchte Brot in seinen Eintopf und sagte: »Ich habe einiges herausgefunden. Die Eisriesen hatten tatsächlich einen Gott namens Roze-Kattee, und seine Macht hielt die Nordiks ungefähr hundert Jahre lang zurück. Dann nahm die Macht des Gottes ab, und die Berserker der Nordiks fielen über die Krieger der Eisriesen her.«

»Dann war diese Vermutung also wenigstens richtig. Was hast du noch über Roze-Kattee herausgefunden?«

»Olganne schien auch nicht zu wissen, was der Gott den Nordiks nun eigentlich antat. Vielleicht wurde es vergessen. Vielleicht wußten sie es auch nie. Aber da ist noch etwas. Weißt du, was ein Berserker ist?«

»Unter dem Namen nicht.«

»Ein Berserker wird vor der Schlacht von einer Art Wahnsinn ergriffen. Er hat Schaum vor dem Mund, beißt in seinen Schild, er rennt gegen den Feind an und kann nicht aufgehalten werden, bis er buchstäblich in Stücke zerhackt ist. Was ich wissen will, ist, hatten die Nordiks Berserker, als sie aus dem Fruchtbaren Halbmond vertrieben wurden?«

»Ja. Viele Stämme machten sich die Methode zu eigen, als es zu schwierig wurde, richtige Zombies herzustellen.«

»Gut. Also – die Nordiks setzten niemals Berserker ein, bis zu jener letzten Schlacht. Olganna behauptete das, und alle anderen stimmten ihr zu.«

»Das ist eigenartig. Ich frage mich, warum – Gott der Liebe und des Wahnsinns?«

Klumpfuß nickte heftig. »Genau das habe ich auch gedacht. Die Nordiks konnten nicht kämpfen, weil Roze-Kattee den Berserkern ihren klaren Verstand zurückgab. Noch etwas. Die Eisriesen verehren Roze-Kattee noch immer.«

»Was? Aber sie sind doch Sklaven.«

»Interessant, nicht?«

Sie leerten ihre Suppenschüsseln und stellten sie beiseite. Schließlich sagte der Magier: »Hast du darüber nachgedacht, was geschehen wird, wenn Zitterberg und Mirandee tatsächlich den Zauber in die Welt zurückbringen?«

Klumpfuß zuckte die Schultern. »Sie sind Männer des Schwertes.«

»Nun, ja … In der Zwischenzeit sollten wir die erzürnten Eltern etwas beruhigen.«

»Wir müssen eben andere Geschichten erzählen. Es gibt genug Sagen, in denen Zauberei tatsächlich zum Bösen verwendet wurde. Zitterbergs Zombie-Sklaven, das Dämonenschwert Glirendree und die Auferstehung der Toten im Krieg gegen Acheron.«

»Das wird helfen. Wie wäre es mit einer Zaubervorstellung?«

»Vielleicht. Ich werde Olganna fragen, wie sie darüber denkt.«

*

Die Zaubervorstellung war ein großer Erfolg. Der Magier hatte vorgegeben, Tote zu erwecken: Trugbilder, die Klumpfuß mit seinen Gedanken erschuf. Klumpfuß hatte auf diskrete Art die Hirne einiger Zuschauer erforscht und erriet den Inhalt verschlossener Truhen. Der Magier hatte die Zukunft vorhergesagt, ebenfalls, indem er einige diskrete Nachforschungen anstellte.

Aber sie saßen immer noch in ihrer Zelle, als der Tag der öffentlichen Sauna heraufzog.

*

Auf einer hölzernen Bank liegend, döste er vor sich hin, während Gesprächsfetzen an seinen Ohren vorbeischwebten … *Sandte eine Pest, die den größten Teil seiner Anbeter dahinraffte* … Seine Knöchel schabten über trockene Erde. *Warum? Sie waren sparsam mit ihren Opfern. … Verständlich. Baal verlangte jedes erstgeborene Kind* … Die Bank war härter als eine Wolke, und er war nackt, aber die Luft war warm und trocken und roch angenehm nach Holz und Rauch. *Begann als Krieg zwischen Menschen … Mit der Zeit wurde das ganze Götterpantheon heineingezogen, und die Götter kämpften gegeneinander … Langeweile … vernichteten beide Städte, ehe* … Klumpfuß sprach immer noch über Götter. Der Magier döste ein. *Zumeist wurden sie aus Furcht angebetet. Warum sonst sollten die …*

Ein Satz erregte die Aufmerksamkeit des Magiers und vertrieb die Müdigkeit. Er setzte sich auf. Er fühlte sich gut, besser als seit Tagen.

»Das ist kein Geheimnis«, sagte Olganna zu Klumpfuß. Ihr Haar war weiß und dünn, sie war klein, verschrumpft und runzelig, aber sie sah immer noch so aus, als könnte sie einen Berg besteigen. Tiefe Schwangerschaftsnarben an ihrem Bauch berichteten von ihren acht Söhnen und elf Töchtern. »Sie wollten sich einfach nicht unterwerfen, wenn es ihnen nicht gestattet wurde, ihren Gott zu verehren. Unsere Vorväter hätten sie natürlich alle töten können, aber weshalb? Dieser Roze-Kattee hatte ihnen nicht geholfen. Wir ließen sie gewähren.«

Der Magier richtete sich auf. Niemand schien es seltsam zu finden, daß er eingeschlafen war.

»Ich frage mich, aus welchem Grund sie so anhänglich sind«, fragte Klumpfuß.

»Nun… sie sind es eben. Vielleicht ist es Sturheit«,

meinte Olganna. Sie schien nicht zu bemerken, daß zwei Eisriesen am anderen Ende des Raumes damit beschäftigt waren, sich abzutrocknen. »Einmal in meinem Leben und einmal bevor ich geboren wurde, nahmen wir Anstoß daran, daß sie soviel Zeit auf die Verehrung ihres Gottes verwendeten und wir verboten es. Sie hörten einfach auf zu arbeiten, taten nichts. Zu der Zeit, die ich erlebt habe, ging es darum die Ernte einzubringen. Wir mußten nachgeben. Es wurde ein sehr hungriger Winter.«

»Aber findest du das nicht eigenartig, Alle alten Geschichten berichten davon, daß Götter Sterbliche wegen eines geringfügigen Fehlers töteten oder nur zum Spaß oder weil sie stolz auf ihre eigenen Errungenschaften waren. Manchmal waren die Gebete und Opfer Bestechungen für irgendwelche Gegenleistungen, aber meistens wurden sie dargebracht, um von den Göttern in Frieden gelassen zu werden: keine Sturmfluten mehr, keine Pestilenzen, keine Blitze mehr, bitte. Was *tat* Roze-Kattee für die Eisriesen?«

»Das habe ich mich auch gefragt«, sagte Olganna. Sie blickte sich um.

Sie hätten Vater und Tochter sein können, oder Onkel und Nichte, oder Mann und Frau, so groß war der Altersunterschied nicht. Weißes Haar, bleiche Haut, fast drei Meter groß und hager: sie sahen sich sehr ähnlich. Sie saßen beieinander, eingerahmt von Nordiks, in der Sauna waren alle gleich.

Olgannas Stimme war so laut, daß das gesamte Dorf sie hören mußte: »Gannik, Wilf, warum betet ihr immer noch einen Gott an, von dem man seit hundert Jahren nichts mehr gesehen hat?«

Der alte Mann zuckte zusammen. Ganz sicher war er nicht in die Sauna gekommen, um sich einem Kreuzverhör auszusetzen. Aber manche Leute sind gleicher als andere und Olgannas Sohn war der Ringträger. Die blasse junge Frau neben ihm kam ihm auch nicht zur Hilfe, sie blickte ihn an, als erwarte sie gleichfalls eine Antwort.

Er zuckte die Schultern und meinte: »Die, die nicht anbeten, heiraten nicht, lieben nicht, werden nicht geliebt. Es war schon immer so. Verliert einer nach einem langen und erfolgreichen Leben den Glauben, wird seine Frau ihn verlassen, seine Kinder nicht mehr zu ihm sprechen, niemand wird ihm helfen, wenn er alt und krank ist. Zürnt Roze-Kattee über einen Mann, wird er impotent. Zürnt er einer Frau, verlieren ihre Liebhaber die Kraft. Das wußten wir schon lange, ehe ihr in unser Land kamt.«

Klumpfuß hatte es geschickt angefangen mit seinen Geschichten über Götter. Jetzt haben wir also unsere Antwort, dachte der Magier. Roze-Kattees Macht lag im Nehmen. Er nahm einem Berserker seinen Wahnsinn und einem Ungläubigen die Fähigkeit zu lieben. Aber wenn der Gott selbst seit Hunderten von Jahren machtlos war…

Mit leichtem Erschrecken stellte der Magier fest, daß es darauf nicht ankam. Seit mehr als tausend Jahren waren nur die Gläubigen fruchtbar gewesen. Roze-Kattee hatte den Eisriesen die Treue zu Roze-Kattee angezüchtet.

Während die Gedanken durch sein Hirn flogen, nickte Olganna Gannik zu. Sie war zufriedengestellt. Zu Klumpfuß sagte sie: »Mein Neffe hat mir gesagt, daß ihr hierhergekommen seid, um Roze-Kattee zu suchen.«

Der Magier zuckte zusammen. Klumpfuß antwortete: »Wir kamen, um Wissen über Roze-Kattee zu finden. Wer kann uns das verdenken? Roze-Kattee ist wahrscheinlich der letzte lebende Gott und Wissen bedeutet Macht für einen Zauberer. Meistens.« Reuevoll fügte er hinzu: »Diesmal war es ein Irrtum. Wir haben Macht verloren.«

Die beiden Eisriesen schienen das Interesse verloren zu haben. Aber darin sind Sklaven schon immer gut gewesen.

DIE HÖHLE DES LETZTEN GOTTES

Die Kammlinie des Gebirges war leichter zu begehen, als Orolandes befürchtet hatte. Die Berge waren alt, abgeschliffen und stellenweise so zerfallen, daß sich in ihnen grimmig entschlossene Grasbüschel eingenistet hatten. Die wirklich hohen Gipfel lagen alle im Süden hinter ihnen. Mirandees Haar blieb weiß, aber sie war stark.

Trotzdem hatte die Reise ihre Schwierigkeiten. Ihre Stiefel nutzten sich ab, und sie brauchten einen halben Tag, um Hasen anzulocken, abzuhäuten und neues Schuhwerk anzufertigen. Wenn sie marschierten, spielte Zitterberg den Alleinunterhalter. Unbehindert von der Notwendigkeit ab und zu Atem zu holen, redete er pausenlos von der Leichtigkeit, mit der Zauberer in früheren Zeiten zu reisen pflegten und den Vorkehrungen, die sie hätten treffen sollen, um sich diesen Marsch zu ersparen. Seine Lebensgeschichte war eine einzige Reihe von Feinden, die er sich gemacht und besiegt hatte, und er ersparte ihnen nicht die kleinste Einzelheit, bis Mirandree drohte, ihm die Fellzunge aus dem Mund zu nehmen und im Packen zu verstauen. »Warum bist du so geschwätzig? Früher, als du in diesen verlassenen Burgen lebtest, hast du keine Gesellschaft gebraucht.«

»Oh, das mußt du dem Magier anlasten, meine Liebe. Dreißig Jahre lang war ich blind und taub und stumm. Du hättest auch das Bedürfnis zu reden, wenn es dir so ergangen wäre.«

»Er hätte dich früher erwecken können, wenn du ihm vor dem Kampf deinen Namen verraten hättest«, gab sie zur Antwort und Zitterberg kicherte hohl.

Aber in dieser Nacht weckte er sie auf und sagte: »Kranthkorpool. Ich heiße Kranthkorpool. Nur zur Vorsicht.«

Sie brauchten sechs Tage.

Die letzten paar Meilen waren die leichtesten, ein breiter, abgerundeter Grat, der sich sanft abwärts senkte. Mirandees Haarfarbe wechselte von Schwarz zu Weiß, als flögen Wolkenschatten über sie hin. Es war später Nachmittag.

Der Abhang wurde steiler, bis sie vor einem senkrechten Bruch standen. »Zitterberg? Hier entlang?«

»Ja. Bring uns da herunter, Grieche!« Zitterberg wurde beinahe unhöflich vor Eifer. Orolandes schob Mirandee zurück. Er stand an der Kante des Abfalls, blickte sich um und ließ sich Zeit.

Von der Kante waren es fünfzig Meter bis zu einer ebenen Fläche. Die Felswand mußte sich nach innen wölben, er konnte ihren Verlauf nicht sehen.

Die Steilwand konnte in zwei Etappen überwunden werden unter Zuhilfenahme eines Felsbandes, das wie erstarrte Lava aussah und von tiefen Löchern übersäht war. Aber auch dieser Lavafluß war steil, und Orolandes konnte ihn nicht ganz überblicken.

»Es wird einfacher sein, das Seil zu benutzen und geradewegs hinabzugleiten.« Er zeigte Mirandee, was er meinte und wagte den Versuch als erster. Unten blieb er stehen, bereit, sie zu halten, sollte sie fallen, aber sie hielt sich prächtig. Trotzdem fing er sie auf, einfach, weil es ihm Spaß machte.

Sie standen vor der Öffnung einer mächtigen Höhle unter dem überhängenden Felsdach.

»Dort drinnen«, flüsterte Zitterberg. »Ich hatte recht. Die ganze Zeit war ich mir nicht sicher.«

Orolandes setzte den Packen nieder und zog sein Schwert. »Bleib hinter mir, Liebste.«

Zitterberg lachte. »Hast du überhaupt eine Vorstellung davon, was dich erwartet?«

Orolandes stemmte sich auf einen brusthohen Felsvorsprung. »Verrat es mir.«

Zitterberg antwortete nicht.

Orolandes zog Mirandee zu sich herauf. Sie blickten in die Höhle.

»Geh nicht weiter«, sagte der Schädel.

Der Höhleneingang war groß, aber im Inneren erweiterte er sich noch mehr. In der Dunkelheit konnten sie Stalaktiten und Stalagmiten von ungeheuren Ausmaßen erkennen. Der acht Meter hohe Lavastrom führte tief in die Dunkelheit hinein oder war vor Jahren glühend daraus hervorgeströmt.

»Sie ist groß«, meinte Orolandes. »Weißt du, wie dieser schlafende Gott aussieht? Wie groß er ist?«

»Geh nicht weiter. Ich meine es ernst.«

Seine Besorgnis schien echt zu sein. Mirandee fragte: »Warum nicht?«

»Wir müssen einen Entschluß fassen«, erwiderte Zitterberg. »Wollen wir es ohne Klumpfuß und den Magier versuchen? Oder sollen wir jetzt einen Großen Ruf wagen?«

»Da gibt es nichts zu entscheiden. Wir haben nicht die Kraft.«

»Ich dachte, es würde reichen …«

»Zitterberg, du überrascht mich. Das *Mana* ist da, aber es ist zu unbeständig. Zuerst brauchen wir den Gott. Du weißt was geschehen würde, wenn wir einen Großen Ruf versuchen und scheitern?«

Orolandes wartete. Er war nicht gezwungen, Zitterberg zu vertrauen. Innerhalb einer Sekunde konnte sein Schwert den Schädel zerschmettern, ohne auch nur Mirandees Schulter zu streifen.

»Mirandee, ich befürchte nur, daß wir nicht genug wissen, um …«

»Ich werde keinen Großen Ruf wagen, bis wir die Macht haben, es zu tun. Und du kannst die Bewegungen nicht ausführen.«

Zitterberg ließ ein bellendes Gelächter hören. »Du hast gewonnen. Also gut, Grieche, leg das Schwert nieder und geh hinein und finde den schlafenden Gott.«

Mirandee fragte: »Allein?«

Orolandes fragte: »Das Schwert niederlegen?«

»Das habe ich gesagt, ja. Natürlich ist keiner von euch gezwungen, meinem Rat zu folgen.«

Es war dunkel in der Höhle. Das Gewicht der Waffe in seiner Hand war beruhigend.

»Laß es hier. Oder es wird dich töten. Überwinde dich Grieche, es ist dein großer Augenblick.«

Zitterbergs obszönes Grinsen gefiel ihm gar nicht, aber Orolandes hatte seinen Entschluß schon vor langer Zeit getroffen. Er legte das Schwert auf einen Felsen. Er drehte sich um und schritt in die Dunkelheit.

Stalagmiten erhoben sich dicker und höher als er selbst. Unter Stalaktiten mußte er sich hindurchdukken, bis die Decke der Höhle so hoch wurde, daß er aufrecht gehen konnte.

Zitterbergs flache Stimme folgte ihm. »Ich weiß nicht, welche Größe oder Gestalt das Ding hat, das du suchst. Du findest es auf der anderen Seite des Steinflusses, sehr weit hinten.«

Er wandte den Kopf und rief: »In Ordnung.«

Es geschah, während sein Kopf noch abgewandt war. Um ihn herum explodierte Bewegung. Irgendetwas schlug von zwei Seiten gegen seinen Kopf. Orolandes warf sich flach auf den Boden und tastete nach seinem Schwert. Lebewesen stießen Schreie aus, so grell, daß er sie kaum noch hören konnte.

Immer noch flatternd, immer noch kreischend entfernten sie sich von ihm. Dunkle Gestalten schwärmten unter der Höhlendecke. Fledermäuse. Orolandes stand auf und ging weiter. Er atmete heftig.

Der Lavafluß führte an der Seite der Höhle entlang, in die noch tiefere Dunkelheit am Ende. Orolandes tastende Hände fanden glatten Fels mit tiefen Witterungslöchern. Seltsam, wo es in der Höhle keinen Regen gab.

Seltsam, aber praktisch. Mit der Hilfe dieser Löcher gelang es ihm, die ihm zugewandte Seite des alten Lavastromes zu erklettern. Stalaktiten reichten bis fast auf die Kuppe herab.

Zwischen der anderen Seite und der Höhlenwand war ein Zwischenraum von ungefähr einem Meter. Orolandes bewegte sich auf den Hintergrund der Höhle zu, wobei er immer wieder den Tropfsteinen ausweichen mußte.

Als er sein Ziel erreichte, sah er sich einer noch tieferen Dunkelheit gegenüber. Eine zweite Höhle? Dann mußte er sie auch durchsuchen. Warum nur hatte er keine Fackel mitgebracht. Aber da war ein Schatten, weit im Hintergrund. Wenn das der Gott war, dann war er zu schwer, um von der Stelle bewegt zu werden, selbst, wenn er es wünschte.

Von Anfang an hatte Orolandes sich gefragt, ob der Gott sich gegen ihn wehren würde.

Zitterbergs Ruf zerschlug seine Überlegungen. »Orolandes. Komm zurück! Sofort!«

»Weshalb?« Seine Stimme hallte von den Wänden wider.

»Sofort! Gehorche!«

Er traute Zitterberg nicht weiter als bis zur Spitze seiner nicht mehr vorhandenen Nase. Aber er vertraute dem Ärger und der Furcht in dem Befehl. Leichtfüßig sprang er von der Lavawölbung herab, überrollte sich auf dem Boden und trabte dem Ausgang zu.

Durch die Höhlenöffnung schimmerte Tageslicht. Orolandes lief um die Stalagmiten herum, den Kopf gesenkt, um den von der Decke herabwachsenden Tropfsteinen auszuweichen.

Mirandee lehnte an einem Felsen und blickte ihm entgegen. Kein Grund für irgendwelche Aufregung war zu entdecken. Orolandes rief: »Was ist denn los?«

Er wußte es, als seine Muskeln sich plötzlich versteiften. Einen kurzen Augenblick schaukelte er auf einem starren Bein, dann stürzte er in laufender Haltung auf die rechte Seite. Er versuchte zu schreien, aber auch seine Stimmbänder waren gelähmt.

Mirandee bewegte sich nicht, sprach nicht, blinzelte nicht einmal.

Das Schwert lag noch auf dem Stein, auf dem er es abgelegt hatte, knapp außerhalb seiner Reichweite.

Der Schädel auf Mirandees Schulter sagte: »Es tut mir leid. Es war mein Fehler und ich machte ihn gleich zu Anfang.« Er hob die Stimme. »Piranther, wo bist du?«

»Genau über euren Köpfen.«

Piranther schwebte wie ein Herbstblatt in den hellerleuchteten Eingang.

DIE EISRIESEN

Sie hätten daran denken können. Zugegeben, der Magier war krank vor Alter, und Klumpfuß damit beschäftigt, sie mit alten Geschichten am Leben zu erhalten, aber der wirkliche Grund lag woanders. Zauberer haben einen blinden Fleck und dieser blinde Fleck sind …

» … Schwerter. Sie tauchen immer wieder in euren Geschichten auf«, sagte Harric. Der untersetzte, rothaarige Mann war jetzt bequem in Leder und Stoff gekleidet. »Sind diese Zauberschwerter nur noch Märchen aus der Vergangenheit?«

Harrics Einladung, das Abendessen an seiner Tafel einzunehmen, hatte den Magier überrascht. Weniger überraschend war die Anwesenheit eines zweiten Gastes, ihres jungen Wächters Poul. Zwei weitere Gäste mußten Krieger sein, denn ihre Arme waren dick mit Muskeln bepackt, sie hatten alte Narben und gingen einher, als erwarteten sie nicht, ein Hindernis in ihrem Weg zu finden. Der Magier begann zu verstehen.

»Zitterberg hatte ein Zauberschwert«, meinte Klumpfuß. »Es half ihm nicht gegen den Magier. Und da gab es einen Dämon, der die Form eines Schwertes annahm: Glirendree. Der Magier tötete es. Wahrhaftig, Magier, ich glaube, du bist unser Fachmann für Zauberschwerter.«

Der Magier lächelte. Oh ja, an diese Möglichkeit hätte er früher denken sollen. »Was möchtest du wissen?«

»Woher kommen sie? Was können sie bewirken?«

»Hmm … Glirendree zählt nicht. Er war ein wirklicher Dämon. Zitterbergs Schwert war mit dem Zauber belegt, immer die lebenswichtigen Organe seines Gegners zu treffen. Das ist eine Möglichkeit. Dann kann man es dahingehend verzaubern, jede feindliche Waffe abzuwehren oder Stein zu schneiden oder alle drei Dinge gleichzeitig.«

»Kannst du das mit jedem Schwert tun?« Harric beugte sich über den Tisch.

»Mmmm ... ich kann oder könnte, wenn ich an einem Ort wäre, wo Zauberkraft wirkt.«

»In Ordnung. Du hast gesagt, daß Mord diese Zauberkraft in sich hat. Hier überall wurden Schlachten ausgefochten ...«

»Nein, nein. Mord und Krieg sind nicht dasselbe. Die Absicht ist eine andere und die Absicht ist wichtig.«

Harric lehnte sich zurück. Der Magier nippte an seinem Met und wartete. Endlich sagte Poul: »Kinawulfs Grab?«

»Ja, bei den Göttern! Magier, Kinawulf war ein Ringträger unseres Volkes, der sich als Zauberer versuchte. Er hatte einigen Erfolg, bis Roze-Kattee seine Anhänger gegen ihn aufhetzte. Sie töteten ihn, nachdem sie ihn gefoltert hatten. Sein Grab ist ein übel beleumundeter Ort, aber mit Schwertern und Zauberei um uns zu schützen müßten wir sicher sein.«

»Hört sich gut an. Wie weit ist es bis dahin?«

»Ungefähr einen Tagesmarsch – bergauf. Mpf, wir würden für dich besser eine Sänfte anfertigen. Gibt es irgendwelche Dinge, die du brauchst?«

Der Magier bat um Pergament und farbige Tinte. »Ich werde Klumpfuß zum Kräutersammeln schikken. Und bringt natürlich die Schwerter mit.«

*

Am Morgen des sechsten Tages brachen sie auf. Die Männer waren schwer beladen: zwei trugen den Magier, die anderen ein halbes Dutzend zusätzliche Waffen und die Arbeitsgeräte des Magiers. Der Magier fragte sich, ob er in seinem jetzigen Zustand in der Lage war, eine der Waffen zu heben, die schwer genug waren, um Eisen zu schneiden.

Er war teils überrascht und teils erleichtert, daß Klumpfuß mit den Kräutern zurückgekommen war. Nun, immerhin hatte er ja nicht versprochen zu fliehen. Vielleicht hatte ihn auch ein Wächter begleitet. Er hatte ihn nicht gefragt.

Je weiter sie vorankamen, desto dichter standen die Bäume, bis Poul und der andere Träger namens Hathsson, sich seitwärts zwischen den Stämmen hindurcharbeiten mußten, um mit der Sänfte des Magiers weiterzukommen. Der Magier seufzte und sagte: »Von hier aus werde ich zu Fuß gehen.«

»Es ist nicht mehr weit. Bringt die Sänfte trotzdem mit«, befahl Harric.

Der Geruch des Waldes war angenehm. Harric reichte einen dicken Beutel mit Met herum und trank den Rest. Klumpfuß sagte: »Ich frage mich, was mit diesem Kinawulf geschehen ist. Wir waren doch grade zu der Ansicht gekommen, daß Roze-Kattee die Leute bei klarem Verstand hielt.«

»Teilweise«, antwortete der Magier. »Wer hat Kinawulf getötet? Jemand, der Grund zum Haß oder zur Eifersucht hatte?«

»Sein jüngerer Bruder und einige Gefolgsleute, mit der Hilfe von Kinawulfs Frau.«

»Ich denke. Kinawulf' Schwierigkeiten bestanden darin, daß keiner aus seinem Gefolge verrückt genug war, sich einem Schwert entgegenzustellen. Dafür hatte Roze-Kattee gesorgt. Der Gott hätte Kinawulf selbst niemals berührt, er hätte sich vielleicht unterworfen. Es ist sehr wahrscheinlich, daß wir Zauberkraft an dem Grab finden.«

»Dort.« Harric streckte den Arm aus.

Das Grab bildete die Spitze eines kleinen Hügels, der mit Gras bewachsen und frei von Bäumen war. »Wir müssen hinauf«, sagte der Magier.

Er blieb hinter den anderen zurück, als er sich an Pouls Arm die Steigung hinaufmühte. Warum fühlte er sich nicht kräftiger, wenn dieser Ort so reich an *Mana* war? *Mana* war vorhanden, aber nicht genug, um einem Jugendzauber Kraft zu geben oder einem Treuezauber oder einem Todeszauber gegenüber Schwertkämpfern. Oder auch nur, um einem Schwert besondere Fähigkeiten zu verleihen. Nur, wie erklärte man jemandem, von dem man wußte, daß er ein Berserker war, daß man ihm kein Dutzend Zauberschwerter verschaffen konnte?

Sie hörten Hathsson rufen. Mit dem Schwert in der Hand rannte Poul auf die Hügelkuppe. Der Magier kämpfte sich hinter ihm her.

*

Selbst in der Kälte dieser nördlichen Region trug Piranther keine Kleidung. Seine funkelnden Augen suchten nach einem Anzeichen von Bewegung an den reglosen Körpern, einem Hinweis, daß sein Lähmungszauber versagt hatte. Niemand rührte sich.

Piranther lockerte den Griff um den Lederbeutel an seinem Hals. Lässig schlenderte er an Mirandee vorbei, musterte sie von allen Seiten und wandte sich dann dem Schädel zu.

»Kranthkorpool, sprich zu mir. Hast du den schlafenden Gott gefunden?«

»Vielleicht.« Es war nur die Wahrheit, aber Zitterbergs Stimme klang angestrengt.

Piranther löste die Bänder, die den Schädel auf Mirandees Schulter hielten und nahm ihn in beide Hände, wobei er darauf achtete, seine Finger von den schnappenden Kiefern fernzuhalten. »Ich könnte dich zerschmettern«, sagte er. »Oder ich könnte dir deine Sinne rauben und dich hier vergraben. Wer würde dich jemals finden? Zwing mich nicht, die Wahrheit aus dir herauszupressen, Kranthkorpool.«

»Ich glaube, die Priester der Eisriesen haben ihn hinter dem grauen, runden Felswall verborgen, sehr weit hinten. Der Grieche weiß Bescheid.«

»Vielen Dank. Warum wolltest du ihn dabeihaben? Ihr hättet den Gott selbst holen können.«

»Er ist der einzige von uns, der stark ist. Der Gott ist schwer. Auch für dich zu schwer, Piranther. Ist das eine Verhandlungsbasis?«

Piranther blickte nachdenklich in die Höhle. »Aber bei all dem *Mana,* daß er in sich birgt, hättet ihr ihn herausschweben lassen können. Warum ...«

»Verflucht, der Verlust wäre zu groß! Wir brauchen alles *Mana,* das dem Gott noch geblieben ist. Verstehst du denn nicht, dies ist die größte Tat, die jemals vollbracht wurde.«

Piranther lachte. »Euer großes und närrisches Vorhaben. Eure Lösung für alle Probleme der Welt. Traue solchen Lösungen niemals, Kranthkorpool. Ich werde den schlafenden Gott mit zum Südkontinent nehmen, und dort zu unserem eigenen Nutzen verwenden. Er dürfte uns lange Zeit dienlich sein.« Er stellte den Schädel so hin, daß er ihn anblickte. »Vorläufig kann ich ihn noch schlafen lassen. Ich brauche sein *Mana* nicht. Ich habe das hier.«

Orolandes versuchte zu erkennen, was Piranther in der Hand hielt. Er sah ein verwobenes Muster farbiger Blitze auf dem dunklen Rosa von Piranthers Handfläche.

»Schwarze Opale. Sieh, wie schön sie sind. Fühlst du ihre Macht? Auf dem Südkontinent gibt es mehr schwarze Opale, als in dem Rest der Welt. Aber trotzdem ... unsere Bevölkerung wächst. Sie werden nicht reichen. Wir müssen den schlafenden Gott haben.«

»Du denkst kleinlich.«

»Vielleicht. Wo sind die anderen?«

»Ich weiß es nicht.« Wieder klang Zitterbergs Stimme angestrengt.

»Muß ich dich zwingen?«

»Versuch es. Du sprichst ... meinen Namen ... falsch aus.« War das Schadenfreude?

Piranther zuckte die Schultern. Er beugte sich über Orolandes' Packen. »Sicher hatte Mirandee eine Kristallkugel bei sich. Nicht wahr, meine Liebe? Wir werden einen Blick darauf werfen.«

Er schüttelte den Packen aus und der Inhalt verteilte sich auf dem Boden: Decken, ein geräucherter Elchschinken, Seil, Beutel mit verschiedenen Pudern, die Kupferscheibe des Magiers, einige scharfe Kristallsplitter. »Sollte ich mich irren? Kranthkorpool!«

»Sie zerbrach sie, als sie von einer Wolke stürzte.«

Kein Irrtum möglich, Zitterberg verbarg nur mühsam seine Schadenfreude.

»Dann werden wir es auf die harte Art machen. Immerhin, ich habe die Macht dazu. Wenn Klumpfuß und der Magier versuchen, mir zu schaden ...«, Piranther hob ein fein poliertes Stück aus vielfarbigem Feuer, nicht größer als sein Zehennagel, in die Höhe, »werden wir sie daran hindern.«

Die Nordiks hatten sich bewaffnet. Sie blickten den Abhang hinab zu den drei Eisriesen, die dort warteten.

Vor dem Schneefeld in ihrem Rücken waren sie schlecht zu erkennen. Gannik und Wilf trugen sich mit einer Würde, die in der Sauna nicht an ihnen zu bemerken gewesen war. Der dritte Riese erhob sich langsam.

Der Anblick war außerordentlich. Der dritte Eisriese mußte an die zehn Meter hoch sein. Er trug ein Eisbärenfell um die Hüften und sonst nichts. Weißes Haar und Bart flatterte wild um seinen Kopf; auch seine Haut war weiß und sogar der kleine Baum, den er lässig in einer Hand trug. Mit dem daranhängenden Wurzelknollen gab er eine beachtliche Keule ab.

Das Schwert vorsichtshalber in der Hand, trat Harric einige Schritte vor. »Was wollt ihr?« rief er.

»Gib uns die Zauberer!« dröhnte der größte der Eisriesen.

»Sie sind unsere Gäste. Und wir halten den höhergelegenen Standort.«

Der Magier flüsterte Hathsson zu: »Was meint er damit?«

»Sie müssen zu uns heraufsteigen«, flüsterte der blonde Nordik zurück. »Kannst du unsere Schwerter verzaubern, bevor sie sich zum Angriff entscheiden?«

»Nein.«

Der Riese lachte donnernd und schrie: »Auch auf eurem Hügelchen seid ihr nicht größer als wir! Und wir müssen die Zauberer haben. Kann Wilf kommen, um mit euch zu sprechen, ohne daß ihr etwas geschieht?«

»Ja.«

Wenn die Eisriesin Furcht hatte, zeigte sie es nicht.

Ohne Hast stieg sie zu ihnen hinauf. Harric sprach sie an: «Nordiks haben bereits gegen Eisriesen gekämpft.«

»Wir müssen die Zauberer haben. Warum sollte irgendjemand deswegen sterben müssen? Ihr selbst habt untereinander gestritten, ob ihr sie töten solltet.«

Interessanterweise machte Harric keine Anstalten zu leugnen. »Sie sollen uns einen Dienst erweisen. Aber selbst das ist von geringer Bedeutung gegenüber der Tatsache, daß Nordiks keine Befehle von Eisriesen entgegennehmen!«

Die Eisriesin blickte auf Harric herunter. »Haben wir nicht unser ganzes Leben willig für euch gearbeitet? Haben wir uns euch widersetzt, außer in dieser einen Sache? Diese Männer bedrohen unseren Gott.«

Klumpfuß versuchte sich einzumischen, aber Harric winkte ihm Schweigen zu und antwortete ihr selbst: »Euer Gott hatte fast alle Kraft verloren, als ihr ihn begraben habt.«

»Er blieb mächtig genug«, sagte die Frau wehmütig. »Ich hörte die Alten darüber sprechen. Selbst heute, während der ›Gott in einem Gott‹ schläft, ist eine erste Liebe nie von Bestand. In der Ehe wandelt sich Liebe zu Kameradschaftlichkeit. Mein eigener Liebhaber wandte sich der Abwechslung halber einer anderen Frau zu. Wenn der Gott wirklich stirbt ...«

»Wir sind keine Bedrohung für euren Roze-Kattee«, rief Klumpfuß. »Sag deinem großen Freund, daß wir den Gott wieder zum Leben erwecken wollen.«

Der Magier bemerkte die Seitenblicke, die die Nordiks sich zuwarfen. Verflucht! Aber Wilfs Reaktion war noch eigenartiger. Die Frau errötete: rosafarbenes Blut unter der weißen Haut von Gesicht und Kehle. Sie sah die Zauberer nicht an. Es war plötzlich offensichtlich, daß die Eisriesen es bevorzugten, einen schlafenden Gott zu verehren.

Harric fragte: »Wer ist dieser große Eisriese, der uns bedroht?«

»Tolerik ist der Vetter meines Vaters. Er lief weg, als er elf Jahre alt war. Seither hat er hier gelebt, und wir brachten ihm manchmal Dinge, die er sich hier nicht beschaffen konnte.« Sie holte tief Luft, und dann sagte sie schnell: »Wir müssen die Zauberer haben. Wenn ihr sie uns überlaßt, wird Tolerik ein Jahr lang für euch arbeiten.«

Poul sagte: »Aber nach dem Gesetz ist er bereits ...«

Harrics Stimme übertönte ihn mühelos. »Sehr gut. Nehmt sie euch.«

Klumpfuß sprang auf die am Boden liegenden Schwerter zu. Hathsson stellte ihm ein Bein, und als Klumpfuß sich wieder aufrichtete, spürte er eine Schwertspitze im Rücken und erstarrte.

Poul meinte: »Aber die Schwerter. Wilf, wird Tolerik erlauben, daß die Zauberer zuerst unsere Schwerter besprechen?«

»Sei kein Narr. Wir können ihnen jetzt nicht mehr trauen«, antwortete Harric.

Wilf hob die Hand. Ihr Vater und dessen gewaltiger Vetter stiegen den Abhang hinauf. Der Magier verfluchte sich selbst für diesen Augenblick lähmender Überraschung, Überraschung darüber, daß Krieger einen Magier betrügen konnten.

Was für eine Art Gefahr würde einen Mann erschrecken, der so groß war wie ein Baum? Der Magier hob die Arme. Ein Trugbild, ein großer, rotgoldener

Drachen, der mit knisterndem Feueratem zum Angriff aus dem Himmel stürzte ... wenn der Riese auswich, den Abhang hinabfiel, konnte er sich allein wegen seiner Größe das Genick brechen ...

Die Hand des Riesen schloß sich um Klumpfuß' Knöchel und hob ihn hoch.

Farben erschienen am Himmel, Funken aus Rot und Gold. Harric runzelte die Stirn und schlug dem

Magier den Speerschaft über den Kopf. Der Schmerz zwang den Magier auf die Knie. Er sah, wie Klumpfuß sich wand, als der Riese ausholte, um ihn an einem Felsen zu zerschmettern.

Dunkelheit wogte um Klumpfuß, verschluckte ihn zusammen mit der Hand des Riesen, der aufschrie, und sich zu befreien suchte.

Der Magier sank auf dem Gras zusammen. Alles war in Ordnung. Er bemerkte, wie die Dunkelheit sich um ihn sammelte und wußte, was geschehen war. Der Große Ruf. Mirandee mußte den ›Gott in einem Gott‹ gefunden haben.

Der Hügel verschwand, und er lag auf staubigem Fels. Stärke floß in seinem Körper, Jugendzauber, die neue Kraft erhielten. Der Magier stand auf und sagte: »W …«

Und dann erstarrte jeder Muskel in seinem Leib. Mit ausgestreckten Armen und den Mund noch zu einem ›W‹ geformt, blieb er reglos stehen.

Klumpfuß lag auf dem Felsboden, eine große, abgetrennte Hand um sein Fußgelenk. Hinter ihm lag Orolandes wie eine vom Sockel gestürzte Statue. Mirandee lehnte an einem Stein. Piranther …

Piranther erwiderte das Lächeln des Magiers. »Ich muß daran denken, Klumpfuß wegen der Hand zu fragen. Was für eine Art von Verbündeten hattet ihr gegen mich aufgeboten?« Er rieb die Hände gegeneinander. Staub, wie Flocken aus vielfarbigem Feuer, rieselte zu Boden. Er wandte sich an den Schädel auf einem Felsvorsprung hinter ihm. »Oder hast du mich getäuscht? Habe ich sie aus einer Gefahr gerettet?«

»Nimm den Zauber von ihnen und frag sie selbst«, schlug der Schädel vor.

»Sie gefallen mir sehr gut so, wie sie sind. Nun,

dann werde ich mich jetzt nach diesem schlafenden Gott umsehen«, meinte Piranther. Er stieg graziös über Orolandes hinweg.

»Wenn …«

Piranther drehte sich um.

»Nichts«, sagte der Schädel. »Nur so eine Idee.«

»Ja?«

»Du kannst ihn immer noch nicht von der Stelle bringen.«

»Das werde ich selbst entscheiden«, sagte Piranther und ging in die dunkle Höhle hinein.

*

Orolandes lag erstarrt in einer erstarrten Welt. Hinter ihm wurden Piranthers Schritte zu hallenden Echos.

Zitterberg sprach leise. »Ich hoffe, ihr seid nicht tot. Wenn ihr tot seid, bin ich in ernsthaften Schwierigkeiten.«

Der Schädel kicherte verhalten. »Jetzt ist er schon tief in der Höhle. Magier, wenn du mich hören kannst, nimm zur Kenntnis, saß ich eine Gelegenheit zur Rache ungenutzt verstreichen ließ. Ich hätte ihm vorschlagen können, daß er dich als Berater mitnimmt. Er hätte dich mit einem Treuezauber gebunden, und du wärst ihm gefolgt. Magier, Klumpfuß, erinnert ihr euch daran, was ihr mir getan habt, seht ihr, was aus mir geworden ist? Mirandee, erinnerst du dich daran, daß du sagtest, ich sei es nicht wert, euch zu begleiten?«

Der Felsen wurde nachgiebiger unter Orolandes' steifem Ellenbogen. Das Licht verfärbte sich rosa oder war es der Fels selbst, der seine Farbe änderte?

Die Decke des Eingangs senkte sich.

Weit hinter Orolandes ertönte Piranthers hallender Schrei. Zitterberg lachte schrill, irr. Ein warmer, feuchter Wind strömte über Orolandes' Rücken, er stank wie der Atem von tausend Wölfen. Piranthers Schrei endete, als werde er plötzlich erstickt.

Die Decke über ihm hatte sich weit genug gesenkt, um den Kopf des Magiers zu berühren.

Zitterberg hörte mit seinem hohnvollen Gekicher auf. »Nun? Hatte ich recht? Hatte ich euer Leben nicht in meiner Hand? Ist dies nicht ein prachtvolles Versteck für den letzten Gott? Grieche, du verstehst vielleicht immer noch nicht. Hast du von dem Weltenwurm gehört, der Schlange, die die Welt umschlingt und in ihren eigenen Schwanz beißt? Die Alpen und die Anden und die Rocky Mountains sind alle Teil seines Körpers. Und du liegst in seinem Rachen.«

Orolandes sagte: »Uhn!«

»Oho! Also lebst du noch? Die Lähmung wird nicht andauern. Ich könnte dich jetzt schon befreien, wenn ich die Bewegungen machen könnte. Ich bin nicht der Meinung, daß Piranther etwas Großartiges vollbracht hat, er zersprengte mit Hilfe seiner Opale einfach unsere Wächterzauber.

Herrlich, nicht wahr? Der Weltenwurm ist ein eigenartiges Geschöpf. Natürlich lebt er nicht von seinem eigenen Fleisch. Hinter diesen großen Löchern im Schwanz gab es große Knochenringe, die alles mögliche vor sich herschoben: Erde, Vogelnester, die Lagerplätze von Tieren, die sich in den großen Poren niedergelassen hatten, sogar ausgewachsene Bäume. Der Schwanz wächst sehr langsam und alles, was das Maul erreicht, wird verspeist. Eigentlich sollte ich in der Vergangenheit sprechen«, meinte der Schädel.

»Die Knochen sind verwittert, dem Weltenwurm ergeht es so, wie allen Lebensformen, die vom Zauber leben: er verwandelt sich in Stein, wenn das *Mana* verschwindet. Wie Drachenknochen. Wie diese Statue vor den Toren Prissthils. Wodurch sich Piranther täuschen ließ, war der Schwanz. Weil er auf diese Art in die Höhle hineinführt, hat sie nicht mehr die Form eines Maules.«

Zähne dachte Orolandes. Ich bin durch einen Wald spitzer Zähne gelaufen. Er sagte: »Uhn!« Eines seiner Beine bewegte sich plötzlich schmerzhaft.

Das Dach der Höhle hob sich wieder.

»Kann sprechen«, sagte Klumpfuß. »Kann mich noch nicht bewegen. Jemand anders?«

Der Magier murmelte: »Der Zauber müßte bald vergehen.«

»Hat uns mit diesen schwarzen Opalen erwischt«, meinte Klumpfuß. »Das konnten wir nicht wissen. Zitterberg. Warum hier?«

»Nun, das ist doch offensichtlich! Denk doch nach: niemand, der weiß, welche Bedeutung dieser Ort hat, würde hierherkommen. Der Weltenwurm muß seit Jahrhunderten so gut wie tot sein, aber wer würde das Risiko schon eingehen? Wenn ein Sterblicher völlig unwissend in die Höhle stolperte, würde gar nichts passieren. Aber wenn ein Magier käme und nach dem schlafenden Gott suchte...« Zitterberg kicherte. »Zauberei enthält *Mana*. Die Macht ihrer Sprüche umgibt einen Zauberer wie ein Mantel. Bring *Mana* in das Maul des Weltenwurmes und was geschieht?«

»Armer Piranther«, sagte Mirandee.

»Er wacht auf, um den Imbiß zu sich zu nehmen«, bemerkte Klumpfuß ungerührt.

»Wahrscheinlich hätte er das auch ohne die Opale getan. Immer dann, wenn ein Magier sich nähert oder ein Schwertkämpfer, der eine Waffe trägt, die er von einem Ort gestohlen hat, an dem einst Götter lebten. In der Zwischenzeit wird alles *Mana*, das noch in dem Weltenwurm enthalten ist, dafür verwendet, den schlafenden Gott am Leben zu halten. Wenn wir Glück haben.«

*

Klumpfuß hatte ein paar Hasen gerufen: ein alter und einfacher Zauber, der noch fast überall wirksam war. Er beschäftigte sich damit, ein Feuer zu entzünden, nahm die Tiere aus und röstete sie an einem Spieß. Sein steifer Rücken drückte seine Abneigung gegen den Streit aus, der hinter ihm vor sich ging.

»Ich werde ihn nicht gehen lassen«, beharrte Mirandee. Sie saß mit dem Rücken zu ihnen und ließ ihre Beine über einen Felsvorsprung baumeln – wahrscheinlich die Unterlippe des Weltenwurms.

Orolandes stellte sich hinter sie. Er bewegte sich steif. Sie alle hatten Schmerzen von den Krämpfen, die der Lähmung gefolgt waren. Er legte ihr die Hände auf die Schultern, ohne ihr ärgerliches Zucken zu beachten. »Deshalb bin ich doch mitgekommen.«

»Idiot! Er hat einen mächtigen Zauberer und seine Opale verspeist. Vielleicht bleibt er jetzt jahrelang wach. Zitterberg, sag es ihm! Er verschlingt alles, was in seinen Rachen gelangt!«

»Vielleicht ist er doch wieder eingeschlafen«, meinte Zitterberg gemütlich. »Er hat seit Jahren kein *Mana* mehr erhalten. Er ist ein großes Wesen; er braucht viel Nahrung.«

»Vater von Trollen!« spuckte sie.

»Im Ruhestand.«

»Bergziege«, sagte der Magier ohne sich umzudrehen. Er stand ein wenig abseits in der Ecke des Höhleneingangs.

Niemand achtete auf ihn. Der Schädel auf dem Felsen sagte: »Hör mir zu, Mädchen. Ich habe meine Rache gegen diese, meine Mörder, aufgegeben. Ich bin willens, einen Schwertkämpfer für dasselbe hohe Ziel zu opfern.«

Der Magier begann vor sich hinzusingen.

»Also, 'Landes? Du hast ihn gehört. Du kannst dein Leben nicht einfach wegwerfen. Was wird aus mir?«

Treibende Körper, Tausende von aufgequollenen menschlichen Körpern, die im Wasser schwebten, gegeneinanderstießen, leise an seinem Floß entlangschabten. Orolandes lag halb verdurstet neben einem verwesenden Zentaurenmädchen. Dürsteten sie nach Rache? Sie hatten das Recht dazu... und wenn Orolandes die Höhle lebend verließ, gab es andere Leben, die gerettet werden mußten. Es gab Zentauren und Satyrn in Griechenland. Er sagte: »Ich muß.«

»Wenn du stirbst, sterbe ich auch!«

Er war überrascht. »Du wirst sterben? Weil du meine Gedanken gelesen hast?«

»Ja!«

Zitterberg warf ein: »Sie lügt. Denk nach. Piranther hat deine Gedanken gelesen. Würde er ein solches Risiko eingehen?«

Orolandes blickte sie an, aber sie wich seinen Augen nicht aus. »Ich meine es ernst. Ohne dich will ich nicht leben.«

Hufgeklapper schreckte sie auf. Sie drehten sich um, als eine Bergziege sich dem Magier näherte und vor ihm stehenblieb.

»Jeder von euch Dummköpfen hätte daran denken können«, klärte der Magier sie auf. Er übermittelte der Ziege seine Befehle.

Steifbeinig und mit glasigen Augen lief die Ziege in die Höhle hinein. Sie beobachteten, wie das Tier gegen die Tropfsteine prallte, weiterstolperte und schließlich den Eingang zur hinteren Höhle erreichte – die Speiseröhre des Weltenwurms.

Klumpfuß sagte widerstrebend: »Du kannst bis

morgen früh warten. Setz dich erst hin und iß.«

»Nein.«

Mirandee blickte nicht auf, als Orolandes ihr Haar streichelte, sich umdrehte und der Ziege folgte.

Der Duft von bratendem Fleisch folgte ihm und führte ihn stark in Versuchung. Er umging Zähne, die größer waren als er selbst. Er kletterte über die Löcher in dem langen, langen Schwanz. Auf der Kuppe ging es weiter, während seine Fackel gelbes Licht gegen die Wände warf.

Er hörte nur den Klang seiner eigenen Schritte. Die Fledermäuse – bestimmt hatten sie dasselbe Schicksal erlitten wie Piranther. Die unstete Flamme ließ überall Bewegung entstehen. Wie sollte er wissen, wenn die Decke sich senkte?

Weit im Hintergund ragte die Spitze eines Stalagmitenzahnes über eine weißliche Masse hinaus, von der er umschlossen wurde.

Der letzte Gott war nicht größer als Piranther und bestand aus beinahe durchscheinendem Marmor. In sitzender Haltung umklammerte er mit Armen und Beinen den unteren Teil eines Zahnes. Die geschlitzten Augen brannten grünlich-gelb im Licht der Fackel. Gesicht und Ohren waren mit Fell bedeckt. In der dreieckigen Form seines Gesichtes lag etwas katzenhaft Weibliches.

Es kostete Orolandes einige Überwindung, den Tropfstein zu umschlingen und zu versuchen, ihn von der Stelle zu bewegen. Er saß fest.

*

»Es gibt keine Möglichkeit, ihn da wegzukriegen«, berichtete er den Zauberern. »Dein Roze-Kattee war ein Feigling, Zitterberg. Er hält sich an dem Zahn fest, als hinge sein Leben davon ab.« Dann setzte er sich hin, um mit einer Hand von dem Hasenfleisch zu essen, während er den anderen Arm um die weinende Mirandee legte. Er war bereit gewesen, dort drinnen zu sterben und war lebend wieder herausgekommen. Jetzt war er halb verhungert.

Als von den Hasen nur noch die Knochen übrig waren, bemerkte Zitterberg: »Das hört sich schlecht an.«

Orolandes fragte: »Würdest du es in Betracht ziehen, einen der Arme des Gottes abzuschlagen?«

»Nein.«

»Dann müßten wir den Zahn abhacken und ihn dann mitsamt der Statue aus der Höhle ziehen. Arbeit für eine ganze Armee. Könnten wir einige von den Nordiks dafür gewinnen? Sie leben doch ganz in der Nähe…«

Der Magier schlug mit der Hand durch die Luft. »Die Nordiks würden uns nicht helfen. Selbst die Eisriesen scheinen einen schlafenden Gott einem wachenden vorzuziehen. Verflucht seien sie und ihr feiger Gott!«

»Und meine vertane Rache«, fügte Zitterberg hinzu.

Klumpfuß umschlang seine Knie mit den Armen. »Ich glaube es einfach nicht. Wir sind so weit gekommen und jetzt… Nein. Es gibt eine Antwort. Wir haben Fleisch, das wir herbeibefehlen können und Schnee, um Wasser zu gewinnen. Wir werden hier bleiben, bis wir eine Lösung gefunden haben.«

DER GOTT DER LIEBE UND DES WAHNSINNS

Vierzehntausend Jahre hatten die Einzelheiten verwischt. Der letzte Gott wird nur noch in verschiedenen Legenden erwähnt. Roze ist zu Eros geworden, Kattee zu Kali und Hekate. Nur noch Kinder hören die Geschichte von dem großen Plan des Magiers. Sie hören von einer närrischen, furchtsamen Henne, die kreischend herumrannte, um der Welt zu verkünden, daß das Ende der Welt bevorstand. Einige konnte sie überzeugen. In dem verzweifelten Versuch, noch etwas zu retten, führte sie sie zu einer Höhle.

Die Lösung lag in der Höhle. So nahe...

»Wir können an ihn herankommen!« Eine brüllende Stimme drang tief in die Träume des Magiers.

Blinzelnd rollte er sich herum. Er hörte Rascheln und verärgertes Grunzen um sich herum und sah Klumpfuß im grauen Morgenlicht vor sich aufragen. Halb schlafend setzte er sich auf.

Klumpfuß zitterte vor Aufregung. »Zitterberg, erinnerst du dich an den Bewegungszauber, die Abwandlung vom Rad des Magiers? Den Zauber, der das *Mana* aufhebt?«

»Mich daran erinnern? Sicher. Ich habe ihn erfunden. Außerdem hätte ich den Magier damit fast getötet. Soll ich dir die Bewegungen beibringen?«

Der Magier sagte: »Warte einen Moment. Ich muß erst richtig wach werden. Klumpfuß, hast du wirklich eine Idee?«

»Ja! Wir können nicht in die Höhle hinein, richtig? Aber wir können nahe herankommen! Roze-Kattee befindet sich in der Wange des Weltenwurms!«

Orolandes erwachte spät von dem Geruch bratenden Fleisches und Mirandees vergnügtem Summen.

»Iß!« sagte sie fröhlich. »Wir haben Arbeit.«

»Arbeit? Das ist gut. Gestern sah es nach einer

Sackgasse aus. Wo sind die anderen? Schon am Werk. Heute ist alles anders. Ich hatte einen Traum.«

»So? Oder träumst du die Zukunft? Du bist so sehr das vollkommene Bild einer Frau, daß ich fast vergessen habe, was du außerdem noch bist.«

Sie küßte ihn. »Manchmal träume ich die Zukunft. Aber es muß nicht immer eintreffen.« Ihre Stirn runzelte sich. »Dieser Traum war seltsam. Ich denke, daß er uns Erfolg versprach. Ich träumte, daß der Himmel herabstürzte.«

Orolandes lachte. »Das hört sich eher erschreckend an.«

»Nein, ich hatte gar keine Angst. Und immerhin ist es das, was wir die ganze Zeit gewollt haben oder?«

»Mag sein, aber trotzdem klingt es furchtbar, wenn du es so aussprichst. Was hast du denn gefühlt, als der Himmel herunterkam?«

»Nichts.«

*

Nach dem Frühstück wanderten sie über die nackte Erde und schwangen ihre ineinander verschränkten Hände. Zu ihrer Linken erhob sich eine gewölbte Felswand höher und höher über ihre Köpfe. Der Stein war vom Wind glattgeschliffen, bis nur noch eine Andeutung von Schuppen übriggeblieben war, um zu erkennen, daß es sich um den Kopf des Weltenwurms handelte.

Sie kamen zu einer Stelle, wo ein Teil der Felswand abgebröckelt war. Hier war ein Loch im Stein, kopfgroß, mit einem Sandhaufen darunter. Orolandes blieb stehen, um hindurchzusehen, aber Mirandee zog ihn weiter.

Das zweite Loch war größer und höher, ausreichend für einen ausgewachsenen Mann, um hindurchzukriechen. Die Zauberer hatten Steinbrocken zu einer Art Treppe aufgestapelt, um an die Öffnung heranzukommen. Orolandes kletterte hinauf und blickte in's Innere.

Es war stockdunkel, und er konnte nichts sehen, bis Klumpfuß ihm einen brennenden Zweig reichte. Jetzt erkannte Orolandes, daß er knapp drei Meter von dem schlafenden Gott entfernt war.

»Wie seid ihr durch den Fels gebrochen? Wir haben nicht einmal eine Axt.«

»Wir haben ihn verflucht«, antwortete der Magier. »Zitterberg gebrauchte einen Zauber, der das *Mana* aus dem Gegenstand oder Wesen herauszieht, auf den er ihn richtet. Einmal brauchte er ihn gegen mich. In diesen Tagen verwenden wir ihn nicht mehr oft. Es wäre Verschwendung.«

Zitterberg meldete sich von seinem gewohnten Platz auf der Schulter des Magiers. »Dies ist kein gewöhnlicher Fels. Es ist der gewaltige Leib eines sterbenden Gottes.«

Orolandes nickte. »Was ist der nächste Schritt? Könnt ihr Roze-Kattee durch dieses Loch wiederbeleben?«

»Wir glauben es. Der nächste Schritt ist schwierig und ein Teil davon ist Kletterei«, meinte der Magier. »Deshalb kommen nur du und Klumpfuß in Frage.«

Klumpfuß nickte, sah aber nicht besonders glücklich aus.

Und Mirandee runzelte die Brauen. »Nein, warum? Ich kann besser klettern als du, Klumpfuß, oder?«

»Nun, es gehört noch ein bißchen mehr dazu...«

»Und auch die Zauberkunst beherrsche ich so gut wie du. Außer, wenn es sich um Wetterzauber handelt. Was habt ihr eigentlich vor?«

Klumpfuß antwortete in der Sprache der Gilde.

Sie stritten eine ganze Zeit. Worum es sich auch immer handelte, Mirandee schien nicht damit einverstanden zu sein. Jedenfalls glaubte Orolandes das aus Mirandees ständigen Fragen und Klumpfuß' erregten Armbewegungen zu erkennen. Er trat näher an den Magier und Zitterberg heran und fragte: »Was ist los?«

»Oh, nur einige technische Unstimmigkeiten«, meinte der Schädel. »Kannst du mit einem Packen auf diesen Felsen klettern?«

»Ja, aber warum ist Mirandee...«

»Wir haben mit ihr nicht über unser Vorhaben gesprochen. Sie wußte nicht, was getan werden muß.«

»Dann...«

»Nein!« schnappte Mirandee plötzlich. »Wenn es unumgänglich ist, werde ich es tun. Und versucht nicht, mich daran zu hindern. Entweder ich oder niemand. Orolandes!« Sie wandte Klumpfuß, dessen Gesicht eine lebhafte Mischung aus Verzweiflung und Erleichterung war, den Rücken zu und biß sich auf die Unterlippe.

Er war barfuß, um sich besser an den kleinen Felsunebenheiten halten zu können, die einst die Schuppenhaut des Weltenwurmes gebildet hatten. Auf der ebenen Fläche des Kopfes befanden sich Löcher, die von Regen und Schnee ausgewaschen worden waren. Orolandes bearbeitete den Fels mit seinem Schwert, bis er zwei nebeneinander liegende Löcher miteinander verbunden hatte und an der so entstandenen Öse das Seil befestigen konnte.

Es war nicht einfach für Mirandee, sich an dem Seil hinaufzuarbeiten, und Orolandes hatte keine Möglichkeit, ihr zu helfen. Er konnte sich nur um sie sorgen und hoffen, daß sie nicht abstürzte und sich dabei verletzte. Aber Mirandee kam wohlbehalten bei ihm an.

Sie sprach kein Wort, sondern machte sich schweigend über den Packen her. Als sie eine Kette aus kleinen Silbergliedern in einen Kreis auf den Boden gelegt und mit roter Kreide die nötigen Symbole aufgezeichnet hatte, blickte sie auf.

»Gib mir dein Schwert.«

Orolandes rührte sich nicht. »Was hat das alles zu bedeuten?«

»Ich glaube nicht, daß du das wirklich wissen möchtest.«

»Sag es mir.«

Ihre Schultern sanken herab. »Wir benötigen genug Macht, um einen halbtoten Gott zu wecken. Mord beinhaltet solche Macht. Wir werden sie uns beschaffen, indem wir den Weltenwurm töten.«

»Oh. Noch mehr Tote. Gibt es keine andere Möglichkeit?«

»Ich habe danach gesucht. Glaubst du mir nicht?«

»Ja, natürlich. Natürlich glaube ich dir.«

»Mach es mir nicht so schwer, Orolandes. Der Weltenwurm ist fast tot. Die Erdkruste hat sich verschoben und an einigen Stellen seinen Rücken gebrochen. Er hat nicht einmal mehr die Form einer Schlange. Wenn wir ihn jetzt zum Leben erweckten, würde er im gleichen Moment sterben. Er ist tot, aber er weiß es noch nicht, und daraus können wir Nutzen ziehen. Gib mir dein Schwert.«

Er tat es.

»Geh lieber ein Stück beiseite«, meinte sie und begann mit ihrer Arbeit. Das Lied, das sie sang, klang hart und bedrohlich. Orolandes spürte Taubheit in Fingern und Zehen und eine schwarze Niedergeschlagenheit in seiner Seele. Er bemerkte, daß der staubige Fels in dem silbernen Ring eine hellere Färbung annahm.

Mirandee hob das Schwert mit beiden Händen. Mit aller Kraft stieß sie es herab. Immer noch singend schlug sie mit einem Stein auf den Griff, bis die Klinge völlig verschwunden war.

Der Berg erzitterte. Orolandes warf sich zu Boden und hielt sich an Felsvorsprüngen fest. Weit entfernt, im Süden der Bergkette, sah er Bewegung und aufwirbelnden Staub.

*

Das Zittern des Berges zerstörte Klumpfuß' kleine Steintreppe. Der Magier fluchte in Gedanken, aber trotzdem begann er augenblicklich zu singen. *Laß das Herz meines Feindes mein Herz werden, laß die Kraft meines Feindes meine Kraft sein ... Zitterbergs Stimme klang neben dem Ohr des Magiers, während Klumpfuß sich daran machte, die Treppe wieder aufzubauen.*

Es war schwere Arbeit, und er war in Eile. Ohne die Steintreppe kamen sie nicht nah genug an die Öffnung im Fels heran, um ihre Sprüche unmittelbar in die Höhle zu richten. Schweiß rann über seine Wange und seinen Nacken, er warf seinen Umhang ab und arbeitete weiter. Armer Klumpfuß, er konnte nicht einmal fluchen. Der Magier sang weiter, während er zusah, wie der Steinhaufen wuchs.

Endlich war er hoch genug. Klumpfuß sagte einige Worte über einen trockenen Zweig, bis er Feuer fing, warf ihn in die Höhle hinein und kletterte die eben fertiggewordene Treppe hinauf. Der Magier folgte langsamer und nahm dankbar seine Hilfe an.

Im Feuerschein schien sich der letzte Gott zu bewegen, aber das war nur Einbildung. Seine marmornen Arme umschlangen den gewaltigen Zahn so fest wie zuvor.

Erwache und sieh die Welt ... Sie sangen den Zauber, den er und Klumpfuß für Zitterberg gesungen hatten, um ihn ins Leben zurückzurufen. Zitterbergs Stimme wurde brüchig und schwankend. Er hatte Angst und zu Recht. Die Wiedererweckung des Gottes konnte ihn sein eigenes, künstliches Leben kosten.

Der Magier spürte, wie das *Mana* aus ihm herausströmte. In der Mitte des Gesanges versagte seine Stimme. Es gelang ihm, den Satz zu beenden, dann machte er Klumpfuß ein Zeichen, der sich ohne Unterbrechung in die Beschwörung einfügte.

Der Zweig war fast ausgebrannt. Die Augen der Statue leuchteten im Feuerschein wie Smaragde. Der Magier vollführte die Bewegungen, die für den Zauber notwendig waren und machte sich Sorgen. *Laß dein Herz schlagen, laß dein Blut fließen* .. Würde ein Zauber, der Menschen erweckte, auch einen Gott wiederbeleben?

Das Lied war zu Ende.

Die Marmorstatue bewegte sich nicht.

Endlich wandte Klumpfuß sich seufzend von der dunklen Öffnung ab und stolperte die Steintreppe hinab. Der Magier folgte ihm. Er war völlig erschöpft und seine Kehle war so wund, daß er bezweifelte, je wieder ein Wort sprechen zu können.

*

»Ich fühle mich miserabel«, sagte Orolandes. Eine dichte Masse verwesender Leichen trieb durch seine Erinnerung. Er hatte sich zusammengekauert und die Knie bis ans Kinn gezogen. »Wir haben den Weltenwurm getötet. Was kann solch ein Opfer wert sein?«

»Das ist der Zauber«, sagte Mirandee. »Ich fühle mich auch nicht besser. Damit muß man leben.«

»Ich bin froh, daß ich kein Zauberer bin.«

»Dir fehlt auch, was man dazu braucht.«

»Was braucht man dazu?«

Das schwarze Haar hing wie ein Vorhang um ihr Gesicht und verbarg den Ausdruck ihrer Augen. »Dazu braucht man eine besondere Art Mut. Du weißt, was ich tun kann, wenn ich die Macht spüre. Steine verformen sich wie Lehm. Über Wolken gehen. In Gehirnen lesen oder sie übernehmen oder Trugbilder erbauen, die wirklicher sind als die Wirklichkeit. Mit einer Bewegung töten: in diesem Moment noch ein gesunder und gefährlicher Mann, im nächsten Augenblick eine bereits verwesende Leiche. Ich kann die Toten aufwecken, um ihnen Fragen zu stellen. All diese Dinge und noch anderes, zu dem ich die Macht habe: sie machen das zunichte, was die Sterblichen ›gesunden Menschenverstand‹ nennen. Was die Sterblichen verrückt vor Angst macht, ist das Wissen, wie zerbrechlich unsere Wirklichkeit ist. Nicht viele können das ertragen.« Sie bewegte sich ein wenig, aber der Haarvorhang verbarg noch immer ihr Gesicht. »Schwertkämpfer, ich glaube, es war ein Fehler von uns, eine so enge Verbindung einzugehen.«

Er nickte. Rückblickend war es beinahe lächerlich, wie abhängig von dieser Frau er gewesen war. »Es ist keine Grundlage für eine dauerhafte Bindung, nicht wahr? Ich bin froh, daß du es zuerst ausgesprochen hast.«

Als sie nicht antwortete, fügte er hinzu: »Du hast durch einen Zufall meine Gedanken gelesen. Du mußt einen Spruch kennen, mit dem du dich auch wieder lösen kannst.«

»Ich kenne einen.«

Die Sonne war hell und warm, und hier saßen sie auf dem gewaltigsten Leichnam der Welt. Noch am Morgen hatte er sich so gut gefühlt. Was war nur geschehen?

Die Hexe sagte: »Du bist so um die Dreißig oder? Ein Kind, nicht mehr. Ich bin über Siebzig. Der Knabe und die alte Dame. Sie passen einfach nicht zusammen«, meinte sie traurig. »Das soll nicht heißen, daß wir mit dem Sex aufhören sollten. Es hat Spaß gemacht.«

»Du hast mich aus einer gräßlichen Stimmung gerettet. Ich glaube, du weißt, daß ich dir dankbar bin.«

»Du bist einfach nicht mehr verliebt. Und ich auch nicht.«

»Richtig.«

Mirandee schien sich in Erinnerungen zu verlieren und schwieg.

Orolandes fühlte sich besser. Die scheußliche Niedergeschlagenheit, während der er sich den Tod gewünscht hatte, verschwand allmählich. Es war eine gute Sache, eine Liebesaffäre auf diese Art zu beenden. Kein Haß, keine Vorwürfe, keine Schuldgefühle …

Er sah, wie sie sich aufrichtete.

Unvermittelt sagte sie: »Wir müssen nach unten.«

»Nicht so schnell«, warnte er, als sie sich das Seil um die Hüften wand und sich an den Abstieg machte. »Du bewegst dich zu hastig. Verdammt, mach langsam, oder du wirst dich umbringen!«

Mirandee achtete nicht auf ihn. Sie stemmte die Füße gegen den Fels und hangelte sich Hand über Hand am Seil abwärts. »Nicht so schnell!« befahl er.

»Keine Zeit!«

Wie? Nun, es waren ihre Knochen. Wenn sie nicht auf ihn hören wollte, konnte er ihr auch nicht helfen.

*

»Ich glaube, ich habe meine letzte Beschwörung gesungen«, flüsterte der Magier. Seine Kehle war staubtrocken.

»Wir sind noch nicht am Ende«, sagte Klumpfuß. »Das war nur der erste Versuch. Wir werden alles mit Mirandee besprechen. Wenn erst feststeht, was wir falschgemacht haben, können wir es noch einmal probieren.«

»Sicher.«

»Ich habe früher bereits Jugendzauber für dich gesprochen. Ich kann es wieder tun,« meinte Klumpfuß, »sobald wir den Mond vom Himmel geholt haben.« Er stockte. »Das hört sich verrückt an.«

Sie lehnten sich gegen den Leichnam des Weltenwurmes. Der Fels fühlte sich jetzt an wie weicher, krümeliger Sandstein, den der Wind leicht abtragen konnte. Die Zauberer waren erschöpft, selbst Zitterberg, der seit der Beschwörung noch kein Wort gesprochen hatte.

»Da gibt es kein ›vielleicht‹«, sagte Klumpfuß plötzlich. »Es ist verrückt. Wie lange gibt es schon Menschen auf der Welt? Einige tausend Jahre mindestens, richtig? Vielleicht sogar länger. Aber das *Mana* war noch stark, als einige namenlose Götter die Menschen erschufen. Und sie benutzten es.«

»Natürlich«, erwiderte der Magier. »Warum hätten sie es nicht benutzen sollen?«

»Fallen dir da nicht die Namen der großen Zauberer ein? Alhazred, Vulkan, der Schmied, Hera – merkst du, worauf ich hinaus will? Es gab einige tausend Jahre, in denen das *Mana* so stark war, daß kein Zauberer dieser letzten Tage die Fähigkeit hätte, es zu benutzen. Seine Sprüche würden ihn töten. Glaubst du wirklich, daß niemand in den letzten zweitausend Jahren versucht hat, den Mond auf die Erde zu holen? Niemand?«

»Warum sollten sie?«

»Weil er schön ist! Und nicht alle dieser alten Meister waren völlig bei Verstand, Magier. Und einige der Gesunden dienten geisteskranken Herren, wie Vulkan Trillion Mu diente.«

»Nun gut. Sie versuchten es also. Wie deutlich zu sehen ist, hatten sie keinen Erfolg. Vielleicht waren sie nicht verzweifelt genug.«

»Vielleicht etwas anderes. Wenn wir nicht wissen, durch was der Mond dort oben festgehalten wird, wissen wir auch nicht, warum er sich überhaupt dort oben befindet. Vielleicht hängte ihn einer der Götter an den Himmel oder ein Wesen von unbekannter Macht und Herkunft. Wenn wir nicht wissen, warum der Mond da oben ist, wie können wir es wagen, ihn herunterzuholen? Wir wagen es nicht mal, sein *Mana* abzuziehen, weil wir nicht wissen, welche alten Zauber das zerstören könnte.«

»Das hört sich ganz vernünftig an«, gab der Magier widerwillig zu. »Ich habe mich gefragt, ob es außer uns noch irgendjemanden interessiert.«

»Natürlich interessiert es ...« Klumpfuß' Stimme verlor sich in Schweigen.

»Bist du sicher? Tiere sterben. Ganze Tierrassen sterben aus. Zivilisationen sterben. Neues kommt und nimmt ihren Platz ein. Zum Beispiel Prissthil. Sie haben keinen Sternenstein mehr, aber die Stadt wächst und gedeiht. Der Wächter: sein Großvater war ein Zauberer, aber ihm ist das gleichgültig. Die Nordiks hatten Zauberer in ihrer Gewalt, und was wollten sie von ihnen? Verzauberte Schwerter, sonst nichts! Selbst die Eisriesen sind mit ihrem schlafenden Gott zufrieden. Die Starken passen sich an.«

»Ich frage mich, warum Mirandee so in Eile ist? Sie kommt gefährlich schnell den Felsen herunter.«

Der Magier hörte ihn nicht. Er sagte: »Vielleicht hatte Piranther recht. Wir sollten diesen letzten Gott für unsere eigenen Zwecke benutzen und soviel aus ihm herausholen, wie wir nur können. Zitterberg, was ist deine Meinung?«

»Ich möchte sterben«, antwortete Zitterberg.

»Wie?«

»Die Sache ist es nicht wert. Weitere zehn oder hundert Jahre zu leben, was bedeutet das schon? Menschen sterben. Selbst Weltenwürmer sterben und Götter und Zauberer.«

»Zitterberg, was ist los mit dir?«

»Nichts. Nichts ist mit mir los. Was soll mit einem toten Mann schon los sein? Ich fühle mich nicht gut, ich fühle mich nicht schlecht. Ich glaube, mir gefällt es so. Schalt mich ab, Magier. Benutze den Zauber, mit dem wir die Wange des Weltenwurmes aufgelöst haben. Es wird nicht einmal wehtun.«

»Bist du sicher?«

»Ich bin sicher«, erwiderte Zitterberg ohne Bedauern.

In diesem Zustand fand Mirandee sie vor: apathisch, mit träumerischen Augen, als sie atemlos zu ihnen stieß. »Wo ist er?« fragte sie.

Der Magier blickte auf. »Was? Oh, der Gott. Er schläft.«

»Trollmist tut er! Könnt ihr es nicht fühlen?«

»Was fühlen?«

»Na, alle Liebe und allen Wahnsinn saugt er in sich auf. Er nährt sich davon!«

Mit einem Ruck stand der Magier auf. Natürlich, er war dumm gewesen! Alle drei waren zu klarem Verstand gekommen, ohne es zu bemerken! Ernste Vernunft, unvoreingenommene Beurteilung und philosophische Schicksalsergebung gehörten nicht gerade zu den hervorstechendsten Charaktereigenschaften eines Zauberers. Während er hinter Klumpfuß die aufgeschichteten Steine hinaufkletterte, fragte sich der Magier, wie Mirandee zu der Erkenntnis gekommen war. Sie war eine vernünftige und klardenkende Frau. Dann fiel ihm der griechische Schwertkämpfer ein.

Klumpfuß steckte seinen Kopf durch die Öffnung. Seine Stimme klang gedämpft. »Wir haben nicht daran gedacht, eine Fackel mitzubringen.«

Die Sandsteinwand neben ihnen stürzte um. Ein Splitter traf die Wange des Magiers, ein zweiter prallte trocken gegen Zitterbergs Schädel. Ganze Felstafeln fielen zu Boden, zerbröckelten zu Sand und hinter ihnen trat der letzte Gott aus dem Schutz der Höhle.

Gott der Liebe und des Wahnsinns? Roze-Kattee schien einzig der Gott des Wahnsinns zu sein. Langes, wirres Haar bedeckte sein Gesicht und die Brust und ließ nur die Augen frei. Sie glühten gelblichweiß, heller als das Tageslicht. Orolandes hatte ihn als klein bezeichnet, aber das war er nicht; er war größer als der Magier, und er wuchs vor ihren Augen.

Die spitzen Ohren zuckten, als er seine Welt überblickte. Sein Kopf ragte bereits über die Zauberer hinaus, und er sah sie nicht. Fremdartige Gedanken formten sich im Bewußtsein des Magiers, drohten ihn zu vernichten.

Allein? Wie kann ich alleine sein? Ich rufe euch alle.
Die ihr die Welt beherrscht …

Der letzte Gott war Mann und Frau zugleich. Seine männlichen Organe befanden sich unter und hinter der Vagina, so daß er wahrscheinlich mit sich selbst

verkehren konnte. Und das war peinlich genau zu erkennen, weil die Zauberer jetzt zwischen den unglaublich haarigen Säulen seiner Beine standen. Er wuchs immer weiter!

»Warum? Woher nahm er die Kraft? Roze-Kattees Reichweite mußte mit seiner Größe, seiner Macht wachsen. Das hatte der Magier niemals bedacht: daß Roze-Kattee als der letzte Gott, ohne Vergleich sein mußte. Jeder Wahnsinnige, jeder Liebende mußte ihn anbeten.

Zitterberg schrie in das Ohr des Magiers: »Besinnt euch auf euch selbst! Klumpfuß, schnell, wie ist dein wirklicher Name? Magier, weck ihn auf!«

Mirandee und Klumpfuß starrten auf das unfaßbare Schauspiel vor ihren Augen. Der Magier packte Klumpfuß an der Schulter und rief: »Dein wirklicher Name?«

»Kaharoldil.«

Zitterberg sang in der Sprache der Gilde: *Mein Name ist Kaharoldil, ich bin dein Vater und deine Mutter …*

Der Magier fiel ein und vollführte die Bewegungen, die Zitterberg nicht machen konnte. Nach wenigen Augenblicken begann auch Klumpfuß zu singen. Es war der alte Treuezauber, den der Magier früher strikt abgelehnt hatte, weil er den Willen des Opfers unterdrückte. Jetzt waren solche Bedenken verschwunden, und er fragte sich nur, ob der Zauber noch wirkte.

Schlecht vorbereitet waren sie gekommen und hatten übereilt gehandelt. Zuviel Wissen über die Götter war in Vergessenheit geraten. Vielleicht hatte niemals jemand genug über sie gewußt.

Roze-Kattee war nun ein haariger, zweibeiniger Berg. Beinahe überragte er schon den Kopf des Weltenwurmes und wurde ständig noch größer. Der Magier stellte sich vor, wie frostige Vernunft die Eisriesen und ihre Herren einhüllte, die griechischen Inseln überzog und die Berge Asiens und Afrikas überquerte. Kriege endeten, weil schwache Heere sich den stärkeren ergaben oder die zum Kriegsdienst verpflichteten Bauern plötzlich die Waffen fallen ließen, um auf ihren Höfen die Ernte einzubringen. Ehemänner kehrten zu ihren Frauen zurück, Frauen zu ihren Ehemännern, weil sie sich an vergangene Gefühle und Versprechungen erinnerten, an die alten Gewohnheiten und das Gerede der Nachbarn. Roze-Kattee hatte die Welt schon verändert.

*

Orolandes lag auf dem Rücken und starrte in den Himmel.

Vor langer Zeit hatte er einmal eine Droge ausprobiert. Er hatte Blätter in einem Feuer verbrannt und mit einigen Kameraden aus seiner Truppe den Rauch eingeatmet. Damals hatte er sich genauso gefühlt wie jetzt. Abgeklärt. Fähig, sich selbst, seine Freunde, seine Umwelt aus gottähnlicher Ferne und mit gottähnlicher Klarheit zu betrachten.

Es war ihm nicht der Mühe wert erschienen, mit Mirandee den Berg hinabzusteigen. Was immer sie und ihre Freunde vorhatten, es konnte nicht so wichtig sein, daß er seine Aufmerksamkeit daran verschwenden mußte.

Selbst die Schuldgefühle waren verschwunden, das war angenehm.

Irgendwo, weit weg, erklang ein gedämpftes Dröhnen. Er achtete nicht darauf.

Dann bewegte sich ein Felsstück von der Größe eines Exerzierplatzes in seiner Nähe, hob sich, sank wieder hinab, zitterte und stürzte. Es zerbarst mit einem Donnern.

Der Leichnam des Weltenwurmes löste sich auf.

Orolandes bewegte sich aus reiner Gewohnheit. Er sammelte die herumliegenden Ausrüstungsgegenstände ein (Teile der Ausrüstung auf dem Schlachtfeld zurückzulassen, konnte in der nächsten Schlacht den Tod bedeuten), schulterte den Packen und hangelte sich rückwärts an dem Seil hinab. Er versuchte, sein Hauptgewicht auf den Fels zu verlagern. Dem Seil konnte er nicht mehr vertrauen, weil die Felsöse, in der es befestigt war, zerbrechen konnte. Sein Leben stand auf dem Spiel und Orolandes hatte wirklich nicht die Gabe für Abgeklärtheit.

Ich rufe euch alle, die ihr die Welt beherrscht …

Orolandes erstarrte. Das waren nicht seine eigenen Gedanken. Er blickte sich um.

Ungefähr die Hälfte des Abstiegs hatte er bewältigt, aber er befand sich immer noch ungefähr hundert Meter hoch. Er sah ein Tierwesen mit glühenden gelben Augen, die sich auf einer Ebene mit seinem Kopf befanden. Die Augen krallten sich in seine Gedanken, schätzten ihn ab und glitten weiter.

Orolandes setzte den Abstieg fort.

Sicher wäre es einfach gewesen, einfach loszulassen. Seine Muskeln schmerzten von der Anstrengung, aber der Schmerz schien nicht wichtig zu sein. Es war einfacher, das zu tun, wofür er vor langer Zeit ausgebildet worden war.

*

Ich bin Kaharoldi, dein Lehrer, deine Amme und der Geist deiner Vorfahren. Was ich dir sage, ist zu deinem Besten.

Zitterberg, Mirandee und Klumpfuß sangen, während der Magier die Symbole in die Luft zeichnete.

Roze-Kattee hörte.

Die großen Ohren zuckten, der Kopf wandte sich, die brennenden gelben Augen richteten sich auf die Zauberer. Roze-Kattee ließ sich auf Hände und Knie nieder, um sie besser betrachten zu können.

Zitterberg sagte: »Ach. Hört auf mit der Singerei.«

Richtig. Welchen Zweck sollte es auch haben? Auch Klumpfuß hatte aufgehört zu singen. Roze-Kattee verdeckte den Himmel, seine gelben Augen waren Zwillingssonnen. Der Magier lehnte sich, von unendlicher Müdigkeit erfüllt, gegen den bröckelnden Fels, um zuzuschauen, wie der letzte Gott wuchs.

Ein Gedanke nahm Gestalt an und prickelte. Roze-Kattee war belustigt.

Ihr benutzt einen Liebeszauber gegen mich?

Natürlich, ja, ein Treuezauber war eine Art Liebeszauber. Sie waren albern gewesen.

Albern und vermessen. Aber ihr habt mich aus meinem Todesschlaf erweckt. Wie kann ich euch belohnen?

Der Magier dachte darüber nach. Wirklich, er wußte es nicht. Was geschehen mußte, würde geschehen.

Ihr wolltet den Mond vom Himmel holen? Der Gedanke prickelte wieder. *Vielleicht werde ich euch dabei helfen.*

»Warte«, sagte Klumpfuß, aber er sprach nicht weiter.

Der Magier stellte sich eine große Kugel vor, blau und braunblau und weißgefleckt. Er spürte den hauchfeinen Schleier von Leben auf dieser Kugel und erkannte zum erstenmal völlig, wie dünn er war. Wenn das Leben von der Welt verschwand – war das wirklich von Bedeutung?

Die Ergebenheit, dieser Schicksalsglaube, diese leidenschaftslose Betrachtung der Wirklichkeit ging weit über reine Vernunft hinaus, dachte der Magier. Roze-Kattee hatte seine Macht ausgeübt, lange bevor Menschen ihr einen Namen gaben. Jetzt tauchte in seinem Bewußtsein eine kleinere Kugel auf, von der Farbe wie Zitterbergs Schädel. Sie zog eine kreisförmige Bahn um die große Kugel. Plötzlich hielt sie an, trieb auf die große Kugel zu. Jetzt prallten sie zusammen, verformten sich und verschmolzen im Feuer. Eine nebelhafte Flammenwolke begann sich abzukühlen und zu verdichten.

Ist es das, was ihr wolltet?

»Nein«, flüsterte Mirandee.

»Nein!« schrie der Magier. »Nein, du Wahnsinniger! Das wußten wir nicht!«

Aber es ist, was ich will. Ich kann die Zeit des Feuers überleben. Ich brauche eine Umgebung, in der Götter Leben können, die aus dem Tod Leben schafft! Mit der Hilfe des toten Mondes werde ich die verwandelte Erde mit meinen Kindern bevölkern. Weil ihr mir gedient habt, werde ich euch alle noch einmal erschaffen.

*

Der letzte Gott war so riesig geworden, daß Orolandes ihn erst gar nicht finden konnte. Er trat von dem Seil zurück und blickte sich suchend um. Da standen die Zauberer in einiger Entfernung, und von einer Gefahr war nichts zu entdecken. Aber dort, was er für einen Berg gehalten hatte, wurde zu einer Säule

mit struppigem blassem Haar, die zu einem haarigen Rumpf hinaufführte. Orolandes erstarrte und versuchte zu verstehen.

Dann drängten sich Bilder in sein Bewußtsein und warfen ihn taumelnd gegen die Felswand.

Niemand hatte ihm je erzählt, daß die Welt rund war. Als die wahnwitzigen Bilder endlich verschwanden, erinnerte er sich daran. Er erinnerte sich, daß bald die gesamte Menschheit sterben würde. Aber die Bilder, die er so gut verstanden hatte, verwirrten ihn jetzt und verblaßten …

Unwichtig. Was war zu tun? Orolandes dachte an Flucht, aber er hatte keine Angst.

Wie kann ich den Lauf des Mondes anhalten? Ihr, die ihr in einer Welt lebt, die fast tot ist, ihr müßt das bedacht haben. Die Frage überfiel ihn mit zermalmender Dringlichkeit, und Orolandes überlegte fieberhaft. Wie würde ein griechischer Soldat vorgehen, der den Mond anhalten wollte? Dann klärten sich seine Gedanken …

Nun. Der letzte Gott hatte sich als äußerst gefährlich erwiesen. Vielleicht war es das beste, das Geschöpf zu töten, dachte Orolandes. Die Zauberer schienen dazu nicht in der Lage zu sein und außerdem war Mord nicht gerade ihr Gebiet.

Er zog die Silberkette aus dem Packen. Auch das Stück roter Kreide betrachtete er eine Zeitlang, aber er hatte nicht auf die Symbole Mirandees geachtet und auch nicht auf ihre Bewegungen. Er mußte sich an die Kette und sein Schwert halten.

Und er hatte immer noch keine Angst. Es war eigenartig, sich selbst aus diesem Blickwinkel zu sehen, als hätte Orolandes nicht mehr Bedeutung als irgendein anderer Mann oder irgendeine andere Frau.

Er hatte sogar die Liebe zu sich selbst verloren. Dies war kein Drogentraum. Es war wie die Erschöpfung auf dem Schlachtfeld, wenn er gekämpft und getötet hatte und gelaufen war und wieder getötet hatte, bis selbst seine Wunden nicht mehr schmerzten und der Tod nur noch die Möglichkeit bedeutete, endlich stilliegen und ausruhen zu können. Dreimal hatte er diesen schrecklichen Tod seines Ichs erlebt. Aber er hatte nicht aufgehört zu kämpfen.

Ja, gut. Das kann ich tun, dachte er, und er dachte sich ein Bild von sich selbst, wie er sich in den Himmel reckte und sehr dünn und sehr lang wurde.

Aber es war Roze-Kattee, der sich aufgerichtet hatte und in den Himmel wuchs. Seine pelzigen Beine wurden schmal und seine Knie erhoben sich immer höher über Orolandes Kopf. Roze-Kattees Rumpf aber verschwand noch schneller in einem Reifen auseinandertreibender Wolken und zog sich immer weiter in die Länge.

Es gab jetzt keine Möglichkeit mehr, einen lebenswichtigen Körperteil zu treffen, also blieb Orolandes keine andere Möglichkeit, als sich an dem Fuß des Gottes zu versuchen.

Roze-Kattee hatte jetzt eine gewisse Ähnlichkeit mit einer Spinne. Die Augen waren winzige Lichtpunkte, überschattet von Wolken und unglaublich hoch oben. Die Finger beider Hände schienen dünn wie Spinnweben: ein feines Netz, das den Mond umspannte. Die Füße hatten sich wie unter ungeheurem Druck verbreitert und abgeflacht. Orolandes hatte keine Schwierigkeiten, hinaufzusteigen, obwohl ein Fuß bestimmt mehrere Quadratmeter bedeckte.

Ihm kam gar nicht der Gedanke, sich als eine Fliege zu sehen, die mit eiskalten Mordabsichten ein Nas-

horn angriff. Sein Sinn für Humor war völlig abgestorben.

Er lief auf den Knöchel des Gottes zu, der nur im Verhältnis zum übrigen Körper schmal wirkte. Tatsächlich hatte er die Ausmaße eines uralten Mammutbaumes. Orolandes hielt die Silberkette gegen die pelzige Haut. Die Klinge seines Schwertes drang durch das Fleisch und scharrte über Knochen. Er zog die Waffe zurück, legte die Kette gegen eine andere Stelle und stach noch einmal zu. Wieder traf die Spitze auf Knochen, schabte daran entlang und traf in das Gelenk. Orolandes packte den Griff mit beiden Händen und bewegte die Klinge vor und zurück. Roze-Kattee reagierte nur langsam. Ohne ein Zeichen von Ungeduld zog er die Klinge aus der Wunde und griff wieder an.

Schmerz! Orolandes schrie und griff nach seinem Knöchel. Er fühlte sich, als hätte eine Schlange ihn gebissen. Eine Wunde fand er nicht, aber das würde sich schon bald ändern, denn Roze-Kattees Hände senkten sich mit quälender Langsamkeit auf ihn herab.

Noch etwas hatte sich geändert. Plötzlich war es sehr wohl von Bedeutung, ob ein griechischer Schwertkämpfer lebte oder starb. Humpelnd rannte Orolandes über den Fuß des letzten Gottes und fluchte zwischen zusammengebissenen Zähnen.

*

Der Magier fragte: »Wie bitte?«, genauso, als hätte tatsächlich jemand zu ihm gesprochen. Er schüttelte den Kopf. Was hatte ihn denn aufgeschreckt? Und wie hatte er sich den Fuß verletzt? Er bückte sich, um nachzusehen, aber ein Schrei ließ ihn mitten in der Bewegung innehalten.

»Orolandes!« Es war Mirandee.

Es war ein eigenartiger Anblick. Roze-Kattee wirkte wie die Strichmännchenzeichnung eines Kindes, die ein Landschaftsbild verschandelte. Die unglaublich langgezogene Gestalt bückte sich. Und Mirandee rannte auf die Stelle zu, wo etwas wie ein Floh über den Fuß des Geschöpfes flüchtete.

Dann kam der ›Floh‹ in Sichtweite und der Magier sah Orolandes zu einem Riß in der Wange des Weltenwurmes laufen. Er schnappte: »Zitterberg!«

»Hier. Irgendwie haben wir die Kontrolle verloren.«

»Er hatte uns unter Kontrolle, bis Orolandes ihn ablenkte.«

»Vorschläge?«

»Den Gott töten.«

Das schmeckte Zitterberg überhaupt nicht. »Wie?«

»Das Rad des Magiers.«

»Du hast ein zweites hergestellt? Warum?«

»Ich machte den Versuch für einen Zukunftstraum. Erfolg oder Mißlingen unseres Gildetreffens. Ich nahm die richtigen Drogen, und als ich einschlief war ich genau in der richtigen Stimmung. Trotzdem hatte ich einen friedlichen, traumlosen Schlaf. Verstehst du? Wohin ich zu sehen versuchte – kein *Mana*. Deshalb wollte ich es mit dem Rad des Magiers versuchen.«

Jetzt befand sich der Schwertkämpfer irgendwo im Rachen des Weltenwurmes. Mit fadendünnen Fingern griff Roze-Kattee in die Öffnung, die ein viel kleinerer Roze-Kattee in den Sandstein gesprengt hatte.

Klumpfuß lag zusammengekrümmt auf dem Boden, beide Arme vor dem Gesicht.

»Das bedeutet den Tod für uns beide. Magier, es muß einen besseren Weg geben. In dem Mord an einem Gott liegt *Mana.* Wenn wir ihn töten könnten und seine Macht übernehmen ...«

»Wie?«

»Mirandees Vampirzauber.«

»Sie würde verbrennen oder zu Stein erstarren.«

»Könntest du so viel Macht bewältigen? Oder ich? Der arme Klumpfuß hat schon mehr abbekommen, als er aushalten konnte.«

»Ich hasse es! All unsere Anstrengungen umsonst. Das ist die letzte große *Mana*-Quelle der Welt und du willst sie versiegen lassen, um einen Schwertkämpfer zu retten!«

»Um die Welt zu retten«, erwiderte der Magier sanft. Schmerz stach in seine Hand. Roze-Kattee heulte in ihren Hirnen ... und verstummte plötzlich. Er drehte sich, um sie zu betrachten, auszuforschen.

Die Höhle war schwarz. Orolandes hatte sich auf Hände und Knie niedergelassen. Um die Stalagmiten konnte er sich herumtasten, aber wenn er in der Dunkelheit gegen einen Stalaktiten lief, konnte es ihm das Leben kosten. Sein Fuß schmerzte wie die Hölle. Er wandte sich nach links zum Haupteingang der Höhle.

Marmorsäulen, mit Krallen an den Spitzen, barsten durch die Wand und schleuderten die Zähne des Weltenwurmes nach allen Richtungen.

Es wurde hell. Orolandes wartete.

Die Hand hielt still.

Orolandes sprang vor. Er schlug nach einem Knöchel, schrie auf, überwand den Schmerz und schlug erneut zu. Sich unter dem verwundeten Finger hinwegduckend, schwang er sein Schwert gegen den nächsten. Niemand, der Orolandes liebte, hätte ihn jetzt noch erkannt: mit verzerrtem Gesicht, Schaum auf den Lippen und Augen voller Mordlust.

Seine Angriffe zeigten endlich Wirkung. Die Hand krampfte sich zusammen. Dann öffnete sie sich zu einer Schale und fegte durch die Höhle, packte Felssäulen, packte Orolandes. Er stach die Schwertspitze in ein Gelenk. Dann preßten ihm die Finger den Atem aus dem Leib. Seine Augen verschleierten sich …

*

Zitterberg schrie: »Was wird aus uns?« als die brennenden gelben Augen des Gottes sie erfaßten. »Unwichtig«, sagte er dann, als er den Blick las. »Ich glaube, ich verstehe.«

Diese Augen: sie machten sorglos, sie machten gleichgültig. Aber sie garantierten einen leidenschaftslosen Überblick und die selbstlose Beurteilung des eigenen Ichs.

»Es ist mir egal, ob er den Mond auf die Erde holen kann oder nicht«, sagte der Magier. »Er muß sterben. Die Welt gehört entweder den Göttern oder den Menschen.«

»Ich habe schon gesagt, daß ich verstehe. Beeil dich. Der Magier versuchte aufzustehen, aber seine Beine wollten ihn nicht tragen. Also kroch er auf allen Vieren. Orolandes Packen war einige Meter entfernt, und seine Knie und Hände schmerzten. Roze-Kattees ungeheure Hand zog sich aus der Höhle zurück.

»Beeil dich!«

»Ich kann nicht schneller. Hölle, wenigstens habe ich mir dieses Ende selbst bereitet.«

»Was?«

»Erst hier findet er seinen Abschluß – der Tod von Glirendree. Vielleicht habe ich damals die Entscheidung getroffen. Es ist lange her.«

... Der junge Zauberer mußte zum wiederholten Male sein Heim aufgeben. Irgendwie verloren seine Sprüche ihre Kraft. Verwirrt, aber auch neugierig, hatte der Magier den Versuch gemacht, den Grund herauszufinden.

Er hatte eine einfache Kupferscheibe hergestellt und sie mit zwei Sprüchen belegt: einem, der sehr einfach und sehr mächtig war und dem Metall eine fast unbegrenzte Zerreißfestigkeit gab. Der zweite drehte das Rad, und diesem Zauber setzte er keine obere Grenze. Und als das Rad sich selbst zerstört hatte, wußte er Bescheid.

Für mehr als ein Jahrhundert hatte er das Geheimnis für sich behalten. Aber das Dämonenschwert Glirendree war gekommen, um ihn herauszufordern ...

»Ich verfügte über kein anderes Mittel, um es zu vernichten.« Der Magier verteilte den Inhalt des Pakkens auf dem Boden und griff eine Kupferscheibe aus dem Krimskrams. »Ich konnte Glirendree nicht weiterleben lassen, es hätte ein schreckliches Ende genommen. Danach verbreitete sich das Geheimnis wie ein Buschfeuer. Der Kampf gab eine zu gute Geschichte ab.«

»Du und dein verdammtes Rad.«

»Der Zauber vergeht und kommt nicht mehr zurück. Alle Zauberer gerieten in Panik. Du machtest Mord und Wiederbelebung zu einer ganzen Wissenschaft. Piranther und seine Anhänger suchten verzweifelt nach einem sicheren Ort. Die Stadt Rynildissen schloß ihre Tore vor jedem Zauberer ...«

»Tu es. Bevor wir aufgehalten werden.«

Der Magier sagte ein Wort aus der alten Sprache der Gilde und ließ die Scheibe los. Sie schwebte kreiselnd in der Luft.

Roze-Kattee griff nach ihnen.

Der Magier hörte ein lauter werdendes Summen. Plötzliche Schwäche warf ihn bewegungsunfähig auf die Seite. Die Scheibe glühte dunkelrot. Roze-Kattees Finger verschwanden in dem Glanz, wurden dünn und fadenscheinig wie Rauch. Der Magier spürte keinen Schmerz in dem Gott, nur Erstaunen, das sich zu Entsetzen wandelte.

Roze-Kattee stemmte die Füße ein und beugte sich zurück. Jetzt war die Scheibe weißglühend. Magengeschwüre, Gicht, Gallensteine, alle Krankheiten eines Körpers, der zu lange gelebt hatte, schlugen über dem Magier zusammen und vergingen, und des Magiers Stärke und seine Sinne mit ihnen. Seine Augen verschleierten sich. Die Scheibe war eine blau-weiße Sonne und Roze-Kattee wurde in sie hineingezogen. Das Entsetzen des Gottes war dicht genug, um es fühlen zu können ... und dann verblaßte auch das.

Mirandee suchte sich behutsam einen Weg zwischen den Felsen hindurch. Ihr Gesicht neigte sich über Orolandes, als er die Augen öffnete. »Es ist alles vorbei«, sagte sie.

Orolandes seufzte. »Ich habe daran gedacht, die Zauberei aufzugeben.«

Was als Scherz gemeint war, entlockte ihr nur ein ernsthaftes Nicken.

Im Tageslicht, das durch die zerschmetterte Höhlenwand drang, schimmerte ihr Haar weiß. Auf ihrem beschatteten Gesicht fanden seine streichelnden Hände rauhe Haut und Falten.

Der Tag ging zu Ende als sie die Höhle verließen. Orolandes entdeckte keine Spur von Roze-Kattee. Er sah eine Erhebung aus geschmolzenem und erstarrtem Fels und roch verglühtes Kupfer.

Man konnte sich vorstellen, daß die Gebirgskette im Süden wie eine Schlange aussah, oder daß die von dem Erdbeben zerstörte Höhle in etwa an ein Schlangenmaul erinnerte. Aber alles in allem genommen, war es eine ganz gewöhnliche Landschaft. Wo Zauberer ihre letzte Schlacht geschlagen hatten, fanden sie den roten Mann zusammengerollt und schlafend neben etwas, das wie ein menschliches Skelett mit zwei Köpfen aussah.

Mirandee bückte sich mühevoll. Sie legte eine knotige Hand auf Klumpfuß' Schulter und sagte: »Kaharoldil, sprich zu mir.«

»Ich konnte es nicht bewältigen«, antwortete Klumpfuß, ohne sich zu rühren.

»Du kannst nicht verrückt sein. Dafür hat Roze-Kattee gesorgt. Komm schon, setz dich. Wir brauchen dich.«

Klumpfuß rollte sich herum und öffnete die Augen. Beinahe zärtlich strich er über die zwei Schädel neben sich.

»Es war schön, nicht wahr?« sagte er, vielleicht zu den Schädeln. »Zu wissen, wie man sich Wünsche erfüllte, ohne dafür arbeiten zu müssen. Aber es muß schlimm gewesen sein, als die Götter noch lebten. Vielleicht erfüllten sie deine Bitten, vielleicht die deines Feindes, aber ganz sicher erfüllten sie ihre eigenen Wünsche. Und die Wünsche eines Gottes hatten nichts mit dem gemein, was Menschen sich je wünschten.«

Endlich blickte Klumpfuß auf.

»Mirandee, Liebste, wir hätten daran denken sollen, wie die Götter waren. Launenhaft. Verspielt. Wenigstens einmal löschten sie die Menschheit aus und schufen sie neu. Diese letzten tausend Jahre waren ein goldenes Zeitalter. Unsere Wünsche wurden erfüllt, aber nicht immer und nicht völlig, und es bedurfte einiger Geschicklichkeit, um es bewirken zu können.«

»Es ist vorbei«, flüsterte Mirandee.

»Seid ihr beide in Ordnung?«

Mirandee nickte.

Orolandes meinte: »Nichts gebrochen, glaube ich, aber ich habe ein paar interessante Prellungen. Ich wäre zerquetscht worden, wenn der Magier den Gott nicht abgelenkt hätte.«

»Was sollen wir jetzt tun? Wir sitzen auf einem Berg und verfügen über keinerlei Zauberkraft.«

»Wir werden die Nacht in der Höhle verbringen«, antwortete Orolandes. »Morgen früh brechen wir auf, denn in der näheren Umgebung werden wir wahrscheinlich kein Wild finden, weil ihr es hierhergerufen hattet. Deshalb werde ich meinen Speer wieder zusammensetzen und du, Klumpfuß, wirst den Packen tragen. Keine Angst, er wird leer sein, denn sicher braucht ihr eure Werkzeuge nicht mehr. Was ist mit den Schädeln?«

»Wir können sie ebensogut hierlassen. Ich wünschte ...«

»Was?«

»Nichts.«

ENDE